El Lugar en la Arena

ȘERBAN NEGULESCU HESSE

ISBN 9798690527938

¡Doy gracias a Dios por haber creado este mundo perfecto!

ŞERBAN NEGULESCU HESSE

EL LUGAR EN LA ARENA
Obra de teatro

Traductor – Oana Sâmbrian
Cubierta – Oana Stanciu
Introducción – Sandra Sanada

ÍNDICE

¡Tienes que volverte loco de una manera perfecta!
¡Esa es la solución para ti! Esa fue también la
solución de Don Quijote. ¡Su locura es una forma
de lucha, un arma caballeresca para desembrujar
el mundo!

ŞERBAN NEGULESCU HESSE

INTRODUCCIÓN

Esta comedia escrita por Șerban Negulescu Hesse, con un texto extremadamente fluido y cómico, propone el encuentro del personaje principal, DQ, con su propio YO, pero este YO es engañoso, misterioso, camaleónico.

Cualquiera que lea esta obra se enfrentará a un desafío. La obra cuenta muchas verdades sobre cada uno de nosotros. DQ, un hombre de edad incierta, tiene una obsesión con Don Quijote y, mientras está en una playa junto al mar, cerca de un parque eólico, tiene la revelación de que esos "molinos", aunque parecen beneficiosos para la humanidad, solo traen problemas. Basándose en la famosa frase del meteorólogo estadounidense Erwin Konrad: "¿Puede el aleteo de las alas de una mariposa en Brasil producir un tornado en Texas?", DQ, como el personaje de Cervantes con el que está constantemente obsesionado, le propone a su amigo de andanzas, SP, que se podría confundir con el Yo Personal[1] o, a veces, con Sasha Power,

---

[1] En el original, el "yo personal" se corresponde a "sinele personal", lo cual determina la utilización de las mismas

escribir un guión sobre dos motociclistas que deciden atacar a estos "molinos de viento", enemigos de la humanidad. Primero propone atacar esos majestuosos "molinos de viento" y luego, inspirados por la realidad, transponerlos artísticamente a un guión de película. Pero DQ, como Don Quijote, después de pasar toda su vida leyendo y filosofando, es casi incapaz de actuar.

La obra sigue el diálogo de DQ y SP, su yo personal, replicado a través de los varios otros personajes salidos de la multitud de libros leídos por el primero.

A lo largo de la obra, varios personajes famosos aparecen para hablar directamente con DQ, mientras este intenta comprender la esencia de la vida a través de esas personas notables de la historia, como Cervantes, Carl Gustav Jung, Albert Einstein. Salvo que al final se da cuenta de que si quiere saber la respuesta a las preguntas que se hace, la solución es preguntarle directamente a ÉL, a Dios, sin intermediarios humanos.

La naturaleza humana es propensa a buscar significados cifrados u ocultos, una explicación única que lo revela todo. "El Lugar en la Arena" es

---

siglas, SP. La traducción al castellano no puede reproducir el mismo juego de palabras del rumano.

una obra sobre la simbiosis, sobre la forma en que vive el personaje, dependiendo de los fantasmas que lo persiguen.

Con el yo personal, el personaje principal tiene una relación de interdependencia profesor-alumno. DQ se siente apreciado, y SP siempre se beneficia de la multitud de consejos e ideas que recibe. A su vez, cuando siente la necesidad, DQ también se convierte en estudiante y recibe modestamente las lecciones y consejos de los que ya se mencionaron. Busca, espera y estudia cómo puede salvarse. DQ sueña con la felicidad y la plena comprensión de las esencias.

La obra es impresionante, alternando a un ritmo acelerado fragmentos filosóficos, pasajes poéticos, profundos o cómicos. Para cada lector, DQ representará algo diferente. Y para entender la obra es necesario haber sentido al menos una vez el deseo de descubrir la esencia de las cosas y ver lo que está más allá de las apariencias. ¿Qué hay más allá del entorno en el que vivimos, de la máscara que usamos y, lo más importante, quién dirige todo esto?

Sandra Sanada

5

EL LUGAR EN LA ARENA

COMEDIA

de

Șerban Negulescu Hesse

Personajes:

AS – el Autor Supremo, con el que se habla pero ÉL no habla con nadie

DQ – las iniciales de Dan Quintus o ¿puede que sean de Don Quijote?

SP – las iniciales de Sasha Power, de Sancho Panza o ¿puede que sean del Yo Personal?

DDT – las iniciales del famoso pesticida americano o ¿puede que sean de Dulcinea del Toboso?

AC – el Artista Creador

Isaac Newton – el físico

La Escuela de Copenhague – los físicos Niels Bohr, Werner Heisenberg, Erwin Schrödinger

El vendedor de helados - él mismo

Miguel de Cervantes Saavedra – el escritor español

Ken Wilber – el influyente filósofo americano

Carl Gustav Jung – el médico, psicólogo y psiquiatra

Albert Einstein – el físico

Eclesiastés – el personaje bíblico

El Diablo – él mismo

El Relojero Biológico - él mismo

La Muerte de la Pasión - ella misma

Caperucita Roja – el personaje de cuento

Escena 1

DQ en un saco de dormir, a la base de una eoliana. Se sienta, bosteza, se estira con las manos a los lados y dice:

DQ: ¿Me despierto... o no me despierto?

Una voz responde desde la oscuridad:

SP: ¡Despiértate! ¡Despiértate! Y si quieres estar correctamente en la posición de Cristo, ponte de pie, estirando las manos hacia los lados, levantándolas un poco, pon un pie sobre el otro, de puntillas, dobla las rodillas hacia la izquierda y deja caer la cabeza en dirección opuesta. Ahora, imagínate que te han clavado clavos de hierro en las palmas y los tobillos, que tienes una corona de espinas en la cabeza y solo un trozo de tela en la cadera y estás crucificado sobre una cruz de madera, de fondo el paisaje árido y rocoso del Gólgota con su vegetación quemada por el sol. A tu izquierda y a tu derecha, como tú en la cruz, dos ladrones. Recuerdas que llegaste aquí, después de que te llevasen de un lado a otro, te azotasen y se burlasen de ti y te obligasen a llevar la cruz solo. Sientes los dolores en cuerpo y alma que tus semejantes te han causado, por las cosas maravillosas que has hecho y querido hacer en nombre del amor. ¿Sientes el sabor de tu saliva mezclada con polvo y vinagre, con la que te limpiaron los labios para calmar tu sed? Entre las gotas de sudor mezcladas con sangre, ves la imagen distorsionada de la multitud reunida: soldados, hombres y mujeres, niños, traídos por sus padres inconscientes o tal vez porque no tenían a nadie con quien dejarlos. ¡Muchos de ellos se quedarán traumatizados por el resto de sus vidas! Y, por supuesto, los vendedores ambulantes, los carteristas, los mendigos, que surgen de la nada para tales ocasiones. De vez en cuando, el viento cálido trae a tus fosas nasales el olor a piedra y madera calentadas por el sol, a sudor y a sangre mezclados con vinagre. Oyes el ruido de la multitud, los gritos de los niños, fragmentos de conversación. Derrotado y asustado, sintiendo que llega el momento de pasar a Su reino, formulas la famosa pregunta: "¡Oh, Eli, Eli, Lama Sabachtani?!

¿Todavía los amas tanto?"... Un poco deprimente, ¿no?

DQ: Bueno, dije: ¡Padre, perdónalos, porque no saben lo que hacen!

SP: Sí, pero lo dijiste antes.

DQ: ¿Cómo lo sabes?

SP: Estava ahí.

DQ: ¡Espera, espera, espera! Al fin y al cabo, ¿tú quién eres? ¿Y por qué hablas así de chillón y rápido?

SP: Soy tu yo personal. Cada hombre tiene un Yo Personal que debe servirlo de la misma manera que un escudero digno. ¿Sabes lo que es un escudero digno?

DQ: ¡No, dime, a ver tú si lo sabes!

SP: ¡Ya no hablo contigo! No quieres despertar... ¡Y no importa como digo lo que digo, sino qué es lo que digo!

DQ: ¿Qué ha sido eso? ¿Soñé? (escudriña el espacio y a sí mismo) Solo estoy yo en calzones, crucificado en el aire. Demonios, acampé como un descerebrado en medio de un parque eólico. ¡Me largo rápidamente, antes de que aparezcan los guardias y me echen a patadas de aquí!

DQ comienza a empacar su saco de dormir.

DQ: ¿Sasha, dónde estás?

SP: *(aparece en otra parte del escenario)* Presente.

DQ se le acerca y le toca la cara.

DQ: Sasha, eres real, ¿verdad?

SP: Afirmativo!

DQ: ¿Bebí mucho anoche?

SP: No más que otras veces.

DQ: Sasha, mientras estaba empacando mi saco de dormir, se me ocurrió un guión de película. ¿No te gustaría que lo escribiéramos juntos? Comienza así: una carretera pasa en medio de un parque eólico. Estas elegantes hélices giran y producen electricidad. Hay cada vez más y más. Eso de la energía verde, suena bien. Nos detenemos en un motel muy elegante, construido por un arquitecto de la escuela vienesa. Se ve que es un fan de Hunderdwasser. Nos sentimos bien allí excepto por un detalle. Siempre sopla el viento.

SP: En el aparcamiento del motel, hay un "trucker". Estamos en ciencia ficción, ¿no? ¡Es un camión con remolque plateado de diseño futurista como nunca antes se ha visto! Los lados parecen persianas. Un lado del remolque está abierto y dentro hay dos hélices de turbina con un diámetro de al menos dos metros y medio. Parecen de acero inoxidable. ¿Qué pasa con ese camión?

DQ: Una instalación para iniciar vientos. Increíble, ¿verdad? A nivel mundial, hay discusiones sobre el cambio climático, el agujero de ozono se está ampliando... el ozono suena bien... el calentamiento global, el efecto invernadero, la inminencia de una nueva glaciación, la humanidad en peligro! ¡Catástrofe! ¡Una película sobre desastres!

SP: ¡Me encantan las películas de catástrofes!

DQ: ¿No contribuyen estos "molinos de viento" al cambio climático? ¿Qué opinas, SP?

SP: Mi opinión es tomar algunas fotos. Prospección para tu guión.

DQ: Hay docenas de instalaciones eólicas. Es todo un espectáculo! Mira, en el extremo del poste troncocónico, hay una caja en la que, probablemente, esté montado el mecanismo, uno con engranajes, que produce corriente eléctrica.

SP: La hélice tiene aproximadamente unos doce metros de largo.

DQ: Tres cosas me vienen a la mente al mismo tiempo. Las eolianas, estos "molinos de viento" que producen no solo electricidad sino también corrientes en la atmósfera, además de las naturales. Luego, está la energía del viento que de alguna manera se transforma en otro tipo de energía. Ese meteorólogo estadounidense también aparece... Erwin Konrad con su extraña pregunta: "¿Puede un aleteo de las alas de una mariposa en Brasil producir un tornado en Texas?"

SP: ¡La respuesta es sí!

DQ: Si es así, ¿no podría el golpe de las "alas" de las turbinas eólicas, a su vez, ser la causa de los tornados que, como todos sabemos, ocurren cada vez con más frecuencia en Europa?

SP: ¡La respuesta es sí!

DQ: Y está también Don Quijote que quiere luchar contra los molinos de viento diciéndole a Sancho Panza que son gigantes. A continuación, el escenario es el siguiente: dos motociclistas, nosotros, tomándonos una cerveza y hablando de turbinas eólicas. Estoy a favor de la energía verde...

SP: Yo estoy a favor de la energía verde!

DQ: Vale, tu estás a favor de la energía verde! El otro está en contra.

SP: ¡Tu estás en contra!

DQ: ¡Yo estoy en contra! Finalmente, ambos llegamos a la conclusión de que, solo en aparencia, estas turbinas eólicas son una ventaja para el planeta. Quizás incluso causen el cambio climático. ¿Podría ser así de fácil? ¡Entonces los dos empezamos a montar un plan para luchar contra estos "molinos de viento"! Y decidimos atacarlos. El clímax de la escena podría ser este ataque. ¡Salvaje! ¿Qué dices?

SP: Digo.

DQ: Viajamos con el pensamiento a través del mundo real, a través del mundo de los sentidos, viajamos a través del mundo más allá de los sentidos, al mundo de la imaginación o al de los sueños, en busca de la verdad. Ya sabes, ¡cada hombre tiene el deber de crear su propia imagen del mundo! Así, llegamos a la conclusión de que la humanidad vive en un trance colectivo, generado por la ignorancia y de que alguien debe "despertarla". Asumimos este papel y empezamos la lucha. (*busca con la mirada a SP que ha desaparecido detrás del escenario*) Sasha, ¿dónde estás? ¿Estás embrujado? ¡Qué diablos! ¿No puedes concentrarte en absoluto?

SP reaparece llevando atrezo. DQ lo observa.

DQ: ¡Come más! ¡Que te estás pareciendo al Rocinante de Don Quijote! Continuemos… ¿Dónde nos habíamos quedado? Tenemos dos motociclistas...
SP: ¿Dónde tenemos dos motociclistas?
DQ: ¡En el guión!
SP: Pero si todavía no los tenemos.
DQ: ¡Tienes razón! ¡Vamos a inventarlos entonces!

DQ y SP traen las motocicletas y el resto del atrezo. DQ se viste y viste también a SP.

DQ: Ahora ya tenemos también a los dos motociclistas. Resulta que ambos eran hippies, pero ahora son mayores. Uno de ellos, es decir yo, vamos a llamarlo DQ, ¿quizás de Dan Quintus o quizás de Don Quijote? Está vestido con su viejo traje de cuero negro, blanqueado en las muñecas, los codos y las rodillas de tanto desgaste, tiene pinchos, tal vez incluso espuelas, y un extraño casco cuelga del respaldo de su silla. Es más bajo y más sólido, como yo, y la melena, recogida en una coleta, ya no es lo que era. Tiene bigote y barba. El otro es más alto y delgado, como tú, y sobre el traje, también de cuero, lleva un impermeable australiano, el que tiene ese enorme tablón. Lleva un casco original niquelado alemán. ¿Ese, es decir, tú, vamos a llamarlo SP, por el apodo de Sacha Power de su juventud, o tal vez por Sancho Panza? Un poco más adelante hay dos motocicletas estacionadas, una BMW, una de las trescientas que la policía compró en la década de los 70. DQ la encontró abandonada y la compró por poco dinero, la restauración costó más. Se parece a una bicicleta, lo que significa que tiene un marco similar al de una bicicleta, por supuesto sólido, proporcional a las ruedas anchas, y en el que están montados el motor de cuatro tiempos, el tanque y el sillín. Se ve larga y delgada. La pintó de blanco y la bautizó Roci, creo que por Valentino Rossi o tal vez por Rocinante de Don Quijote. La otra tiene una carrocería pequeña y jorobada, que ni siquiera vale la pena describir. No tiene nombre, o quizás SP la llama "Mula", cuando se obstina en no arrancar. Esto es todo lo que tenemos. ¿Qué opinas, SP?

SP: Tenemos descripciones. ¿Qué están haciendo estos motociclistas? ¿De qué están hablando los dos? En serio, ¿de qué hablan?

DQ: Están hablando de las turbinas eólicas, ¿no hemos establecido esto antes? ¿Qué diablos, SP? ¡Se te va la cabeza! DQ está muy molesto por estos molinos de viento y el daño que causan al medio ambiente. A nosotros, los humanos, nos causan migrañas, insomnio, zumbidos en los oídos y mareos, porque producen sonidos de baja frecuencia. Las aves y las abejas están perdiendo el rumbo, los granjeros escoceses se quejan de que las cosechas son cada vez más flojas después de haber instalado turbinas eólicas en sus tierras, y las corrientes adicionales que producen en la atmósfera están afectando al clima. ¡Y nadie se da cuenta! Es como si la humanidad estuviera viviendo en un trance colectivo. ¡No ve ni entiende nada más que lo que se le muestra o lo que se le dice! ¡DQ cree que deberían ser atacadas y destruidas! De esta manera, la gente se despertará y protestará.

DQ y SP permanecen en silencio y reflexivos ...

SP: ¡Cuánta razón tienes! ¡Y eso del trance colectivo y del despertar es espléndido! ¡Esto debería meditarse! (*se impacienta*) ¡Pero no somos escritores! ¡No somos guionistas!

DQ: ¡Eres la muerte de la pasión! ¡Pero no somos escritores! ¡Pero no somos guionistas! Entonces, ¿cómo lo resolvemos? Vamos a inventarnos un Artista Creativo, y que haga el trabajo por nosotros. ¡AC!

Un hombre muy alto, AC, entra en el escenario.

AC: ¿Por qué me llamaste?
DQ: No te llamé, te inventé. Eres el artista creativo y tienes que ayudarme a escribir mi guión.
AC: Tenemos a Jesús, eolianas, motociclistas, motos, Erwin Konrad, Don Quijote, Cervantes, Rocinante, el Yo personal ... ¿Cuál es la conexión? ¡Extraño! No veo ninguna.
DQ: ¡Imagínate una!
AC: ¡Si, eso me gusta! ¡Me gusta imaginar! Me gusta crear, inventar, mentir, fabular. ¡Ah, aquí estoy en mi elemento! Crearé un concepto general, lo dividiré en planos verticales y horizontales, haré preguntas sobre los mismos ejes e imaginaré eventos y diálogos. ¡Desarrollaré todo en mi mente! ¡No, me equivoco! Pronto todo será tan complicado que tendré un caos indescriptible en mi cabeza. El caos en mi cabeza no me dará paz y fumaré paquetes enteros de cigarrillos, beberé cerveza, tomaré drogas y me iré de putas. ¿Hay otros vicios además de estos cuatro? ¡Y entonces comenzará la locura! ¡El problema se volverá demasiado grande!

¡Necesito ayuda! Isaaaaac !!!

Entra Isaac Newton. AC permanece en el escenario todo el tiempo. Toma notas, toma fotos, enciende la grabadora o la cámara.

ISAAC NEWTON: Si no puedes resolver un problema porque es demasiado complicado, divídelo en varios subproblemas. Si tampoco puede resolverse, divídelo aún más hasta que pueda resolverse. Para la solución, sigue el mismo camino, pero en sentido opuesto, después de lo cual se forma la totalidad de sus partes. El todo es la suma de sus partes. Llamemos a este método el método reduccionista.

AC: Bueno, según algunos, este método es bueno, según otros, no. Algunos dicen que la suma de las partes no siempre es igual al todo, siendo estos los físicos con su física cuántica quienes, de hecho, demolieron todo tu trabajo. Dijeron que empezaste desde las premisas equivocadas.

ISAAC NEWTON: ¡Esto es lo que hay, maldita sea!

Entra en el escenario la escuela de Copenhague, Niels Bohr, Werner Heisenberg, Erwin Schrödinger.

DQ: ¡La escuela de Copenhague!
SP: ¡Huyamos!
DQ: ¡¡¡Lechón!!! ¡Estate quieto!

SP tiembla como un loco.

SP: ¡Huyamos! ¡Hazme caso! ¡Huyamos! Estos debaten sobre la idea de la energía nuclear y su control. ¡No tienen nada que ver con nuestro guión! ¡Huyamooooos!

ESCUELA DE COPENHAGUE: *(rap)*

La gente está en trance,
No cree en el mañana,
Su pasado confuso,
Les quita toda gana.
Flotando en la nada,
Cual dentro un átomo,
Todos al mismo son.
Hagamos una bomba,
Que sea pequeñita,
Que sea atómica,
Que el mundo es miedica.
Hagamos bum con ella, hagamos bum con ella.
A ver si así, tal vez,
Logramos que haga mella.
A ver si así tal vez,
¡Les deja alguna huella!...¡¡¡Lechones!!!

SP: ¡Huyamooooos!
DQ: ¡Shhh! ¡Quizás estén hablando del principio de la incertidumbre!

SP: ¡Lo que está claro es que he huido!

DQ *(susurrando):* ¡No los oigo claramente, no los veo claramente!

SP: ¿Estás seguro de que Schrödinger esta con ellos?

DQ: ¡Cálmate, SP! ¡Todos estos son premiados! Cada uno tiene al menos un Nobel. ¡Escúchalos!

SP: ¡Huyamoooos!

DQ se mosquea. Las imágenes de los tres físicos desaparecen.

DQ: ¡Se han evaporado! Me salgo del escenario. ¿Por qué habré empezado a escribir guiones? Me estoy perdiendo en las ideas. Tengo dos personajes y no sé qué hacer con ellos. Mejor hablo directamente con Miguel de Cervantes. *(invoca a Cervantes)* ¡Señor Miguel de Cervantes Saavedra, hijo de Rodrigo Cervantes y su esposa, Doña Leonor!

Entra Cervantes, vestido con ropas de época, con lechuguilla blanca y gafas negras, redondas en la nariz.

CERVANTES: Estoy muy contento de haberte inspirado, DQ, y, por supuesto, de haber inspirado a muchos otros a lo largo del tiempo. Con esto me volví inmortal. Es una ventaja, vale la pena que lo intentes.

DQ: ¡El gran Miguel de Cervantes Saavedra! Me quito el sombrero y barro el suelo con él como hicieron los españoles durante su reinado.

CERVANTES: ¡Venga, déjalo! Aquí en la eternidad todos somos iguales. Solo llámame Miguel. ¡Venga, volvamos! ¡Me gusta tu forma de pensar! Hacer de Don Quijote, Sancho Panza y Rocinante un solo personaje. Nunca pensé en ello.

DQ: Te contradigo. Realmente pensé en dos e insito, ¡en dos motociclistas!

Aparece en escena el holograma de Ken Wilber.

KEN WILBER: Miguel tiene razón. Esto lo aclaré en mi libro "Sin fronteras", publicado en 2005 por la Editorial Elena Francisc de Bucarest. Y ahí dije que está el organismo total, el centauro, es decir, el hombre formado por el "yo" o la mente, claro, aquí es donde entran el superyó y la sombra. Luego está el cuerpo y el yo transpersonal. A éste, podemos, por el bien de las iniciales, es decir, SP, llamarlo el Yo Personal[2]. Y están las cintas transpersonales y el Universo palpable o no, que por el momento son irrelevantes. Entonces para Miguel sería: Don Quijote, Sancho Panza y Rocinante, un organismo total o centauro, y en tu caso: DQ, SP y Roci, otro organismo total o centauro. En ambos casos, sin

---

[2] Véase la nota 1.

embargo, ¡habría una mula extra!

CERVANTES *(riendo a carcajadas)*: Veo a Don Quijote cabalgando perezosamente sobre las cintas transpersonales por el Universo palpable, o no, y a Sancho Panza, pequeño y gordo, dando brincos, meneando las manos y la cabeza, cantando una cancionela alegre, ding-diring-ding, ding-ding-ding, y dos pajaritos posados sobre el casco de Don Quijote. Uno dice: "¡Soy el superyo, soy el superyo!" Y el otro: "¡Soy la sombra, soy la sombra!"

DQ: ¡No, no, y otra vez no! ¡No quiero más complicaciones! ¡Ya tengo suficiente así! ¡Quiero dos motociclistas con dos motos!

KEN WILBER: ¡Estaba equivocado! Hay tres mulas de más en este negocio. Me voy!

Desaparece el holograma de Ken Wilber.

DQ: Menos mal que te vas que si no te echaba. ¡Y que sepas que desafinas! ¡Me has llamado burro, quiero decir mula! ¡Cúanta mala educación!

CERVANTES: No le hagas caso, así es él, un poco apresurado.

DQ: Miguel, siempre quise preguntarte, ¿por qué llevas esas gafas negras redondas como las de John Lennon?

CERVANTES: En realidad, son las suyas. Después de que él lanzace "Imagine", estaba tan emocionado que fui a pedirle un autógrafo y me dio sus lentes.

¿Te sabes la cancion? ¡Es muy bonita! Escucha: imagina que no hay países, gente viviendo la vida en paz, dividiendo al mundo entero como hermanos, sin codicia ni hambre, sin religión por la que matar o dejarse matar. Hermosa, muy hermosa! Él balbucea algo sobre el cielo y el infierno. Existen, pero no como os lo imagináis, pero ya se enteró justo después de que el tarado aquel le disparase.

DQ: ¿Qué quieres decir con que balbuceó algo sobre el cielo y el infierno? No lo entiendo.

CERVANTES: Eso lo explica mejor Carl Gustav.

SP: ¿Jung?

CERVANTES: Sí, él mismo. Llegará enseguida. Lo conozco muy bien. Cuando se habla de estas cosas, llega en un abrir y cerrar de ojos.

DQ: ¡No puedo esperar! Pero escucha, Miguel, si te miro de cerca, realmente te pareces a John Lennon. Dejaste tu sombrero, pero sigues usando ese cuello rimbombante.

CERVANTES: ¡Este cuello es tan elegante que no lo dejo ni muerto! *(risas)* ¡Pero manos a la obra! ¿Quieres desencantar el mundo como lo hizo Don Quijote?

DQ: Sí. ¡Eso es exactamente lo que me gustaría! Me cabrea muchísimo cuando veo a miles de millones de personas viviendo en el mundo como sonámbulos, en un movimiento "browniano", sufriendo como perros apaleados, a saber por qué razones imaginadas y sin entender nada de lo que les está sucediendo. Llamé a esto el "trance colectivo". No entiendo por qué han recibido esta vida, para disfrutar de todo lo que ÉL, el Autor Supremo, les ha dado. ¡Sí, eso es lo que me gustaría, encontrar la manera de despertarlos!

CERVANTES: ¡Para eso tienes que volverte loco de una manera perfecta! ¡Esta es tu solución! Esa fue la solución de Don Quijote. ¡Su locura es una forma de lucha, un arma caballeresca para *el desencantamiento del mundo*!

SP: ¿Para qué?

DQ: ¡El desencantamiento del mundo! ¡Shhh! ¡Estate atento!

CERVANTES: Don Quijote salió de su biblioteca en busca de aventuras. Se marchó como un caballero en busca de unos ideales. Deliraba en nombre de una ideología. Y lo hizo todo por sí solo, ¿sabes? ¡Eso es una locura! *Para mí solo nació don Quijote y yo para él.* Pero, DQ, estás casi loco. Te doy mi bendición para conocer a Don Quijote.

Miguel de Cervantes hace el signo de la victoria, dice "Yo, brother!" y se va.

Aparece Carl Gustav Jung. Habla de forma irónica, altivo y superior, como Alan Rickman, en su papel de Metatrono en "Dogma".

C.G.JUNG: ¡Me habéis llamado!

SP: No, pero ya que estás aquí, sé bienvenido!

C.G.JUNG: ¡Ah, pero esto suena más bonito todavía que si fuese una invitación! ¡Gracias!

DQ: Carl Gustav, ¿me permites tutearte? Miguel nos ha dicho que esa es la costumbre entre vosotros los de la Eternidad.

C.G.JUNG: Sí, así es. ¡Miguel siempre tiene razón!

DQ: ¡OK, Carl Gustav! Miguel nos ha dicho que eres el especialista sobre el cielo y el infierno. ¿Puedes, por favor, explicarnos de qué va todo esto?

C.G.JUNG: Sí, ¡por supuesto! ¡Esto se ha convertido en mi tema predilecto! He aquí la cosa: ¿has oído hablar del "Registro Akáshico"?

SP: ¡Claro que sí! Es el sitio donde se registra todo, absolutamente todo lo que ocurre en la Tierra, una especie de memoria gigantesca.

C.G.JUNG: ¡Exacto! Este sitio se encuentra en el cielo, entre la Tierra y los Cinturones de Van Allen. La pregunta correcta no es dónde se encuentra o qué es Akasha, o los Registros Akáshicos. La pregunta correcta es cómo se hacen los Registros Akáshicos.

SP: Ya, ya, realmente todos hablan de Akasha, pero no he escuchado a nadie haciéndose esta pergunta.

DQ: ¡Lo confirmo!

C.G.JUNG: Nosotros hacemos esos registros.

¿Cómo? ¡He aquí cómo! Os lo digo rápido, que si no, nos tiraremos una eternidad. El cerebro registra imágenes, sonidos, sabores, olores, sensaciones, los procesa y los envía a la memoria. ¿Sabéis dónde está la memoria?

DQ: ¿En el cerebro?

SP: He leído en algún sitio que los científicos británicos no sabes exactamente dónde se encuentra la memoria.

C.G.JUNG: ¡Exacto! Y, para que lo sepáis de ahora en adelante, vuestra memoria está allí, en la Eternidad.

DQ: ¡No puede ser! ¡No me lo creo!

SP: Carl Gustav, ¡tú nos quieres marear!

C.G.JUNG: ¡Para nada! Cuando llegué aquí , tuve una revelación. Ojo, mirad como ocurre esto: después de nacer, recibimos un fichero vacío, que se encuentra aquí, en el eje del presente, os lo explicaré más tarde. En cuanto el cerebro se vuelve funcional, empiezan los registros akáshicos.

SP: Ajá, ¿por eso, durante las regresiones hipnóticas, el paciente se acuerda de episodios de su vida intrauterina?

C.G.JUNG: ¡Exacto! Ahora voy a hacer una analogía con el ordenador que me parece particularmente acertada. El ordenador tiene los así llamados periféricos de entrada, unos dispositivos que permiten introducir datos, de la misma manera el cerebro tiene ojos, orejas, nariz y demás, los cuales son dispositivos con los que recoge los datos que lleva a la memoria interna; los procesa, es decir piensa, y luego los transmite mediante los periféricos de salida, que son el habla o el lenguaje corporal, es decir las acciones. Pero, ¿a quién?

SP: A los que te escuchan cuando hablas o siguen tu lenguaje corporal.

C.G.JUNG: ¡Exacto! Pero, a la par, el cerebro transmite todo esto de forma "wireless". Pero, ¿adónde?

DQ&SP: ¿Al fichero del eje del presente?

C.G.JUNG: ¡Exacto! Esta es la memoria externa, y todo lo que piensas, hablas o actúas, se queda registrado allí, forever and ever! Y esto es muy importante, lo explicaré más tarde.

DQ: Ajá, lo entiendo. ¡Por eso Jesús dijo de acumular tesoros en el Cielo y no en la Tierra!

SP: Por eso los místicos dijeron aquello de piensa bien, habla bien y actúa bien.

C.G.JUNG: ¡Exacto! ¿Preguntas?

DQ&SP:????????????????????

C.G.JUNG: ¡OK! No podré contestarlas todas, pero sigo adelante. ¿Está más o menos claro lo de los registros?

DQ&SP: Sí, sí...

C.G.JUNG: ¡Bien! Ahora os explicaré cómo está organizado Akasha. En primer lugar, puedes

pensar en Akasha como en un ordenador gigantesco. Ahora, no penséis tampoco en cajas gigantescas, teclados inmensos y kilómetros de cable y otras cosas igual de grandes. Akasha es un campo. Intuyo que estáis pensando en un campo donde pastan las vacas. ¡No! Es un campo de energia, pero mejor preguntemos a Erwin, o a Werner, o mejor aún a Albert.
SP: ¿Qué Albert?
C.G.JUNG: El de la relatividad.

De la mitad del scenario, surge un holograma de Albert Einstein con voz robótica.

ALBERT EINSTEIN: O relatividad, relatividad de la relatividad, todo es relativo, hasta la relatividad es relativa!

SP intenta tocar el holograma, pero éste se desvanece al acabar su réplica.

DQ: Pues vaya… Me he quedado igual.
SP: Pero, ¿por qué habla de una relatividad? ¿Por qué no dice dos o tres relatividades?
C.G.JUNG: Deja, ni caso, que como se ponga con sus teorías no acabamos nunca. Volvamos a nuestras vacas, perdón, ovejas[3]. Diablos, ¿me estaré

---

[3] En el idioma original, "volver a sus ovejas" significa volver a sus asuntos. N.T.

volviendo loco y me tendré que autosicoanalizar? ¡Qué fuerte! Yo, el mayor sicoanalista del Universo, necesitar un sicoanálisis, ja, ja, ja. ¿Dónde nos habíamos quedado? Ah, si, Akasha! Dije que era un campo, ¿verdad?

DQ&SP: ¡Sí, sí!

C.G.JUNG: Ahora dejadme deciros qué es ese campo. Se encuentra alrededor de la Tierra como una esfera y está dividido, de abajo hacia arriba, en once bandas, por así decirlo, aunque algunos las llamen "cielos". La primera cinta, la de abajo, es la del presente. Esta es muy importante, como veréis enseguida. Después, hay otras nueve cintas más, y la última, la de arriba, es la cinta o cielo de los arquetipos…

SP: ¿Qué arquetipos son esos? ¿Alguna especie de prototipos?

C.G.JUNG: ¡No! Los prototipos son prototipos, y los arquetipos son arquetipos.

DQ&SP: ¡Ajá!

C.G.JUNG: Así es en los Cielos, ahora volvamos a la Tierra. La primera cinta es la del presente, como ya he dicho, eso significa que los registros de quienes ahora viven en la Tierra están allí, y ¿qué hacen todos los días y todas las noches?

DQ&SP: Llenan los registros con los datos recogidos del medio ambiente.

C.G.JUNG: ¡Exacto! Pero unos datos se procesan y

otros no. Por tanto, ¿qué es ese otro registro?

DQ&SP: ¿El inconsciente personal?

C.G.JUNG: ¡Exacto! ¿Y qué son todos los registros juntos?

DQ&SP: ¡El inconsciente colectivo!

C.G.JUNG: ¡Exacto!

DQ: Yo, a esto lo llamo el "trance colectivo". ¿Eso vale?

C.G.JUNG: Más o menos… Ahora contestaré a la pregunta.

DQ&SP: ¿Qué pregunta?

C.G.JUNG: Diablos, ¿ya se os ha olvidado? Cervantes… John Lennon… El tema del cielo y del infierno… ¡Un poquito de concentración, por favor! Las cosas son así: cuando uno en la tierra se muere, la diña, estira la pata, el cuerpo o la materia se va dos metros bajo tierra, la energía o alma va a las regiones sublunares, y la información o conciencia sube al registro…

SP: …y entonces, ¿ves desfilar tu vida en un segundo?

C.G.JUNG: ¡Exacto! Después, el registro abandona la cinta del presente, lógicamente, puesto que el que la palmó ya no tiene presente, y se reparte, en función de lo que ha pensado, hablado y hecho a lo largo de su vida, entre las nueve cintas o cielos.

DQ: ¿Y quién los reparte, es decir, los reparte por registros? ¿Acaso tenéis un Google allí arriba?

C.G.JUNG: Más o menos. Pero más sofisticado, mucho más sofisticado que Google Chrome. Es ÉL quien lo hace…

SP: ¡Y nosotros pensando que lo hacía San Pedro!

C.G.JUNG: ¿Puedo seguir? ¡Gracias! Para que entendáis mejor la repartición en Akasha, haré una analogía con lo que pasa en la Tierra. Desde que conocemos las fuentes escritas, la sociedad humana se ha dividido, principalmente, en tres partes: los que rigen, unos pocos, los que se dejan llevar, la mayoría, y entre ellos todos, ha habido siempre un ejército que ha defendido a los pocos frente a las posibles agresiones de la mayoría, tanto del interior como del exterior. Y en el cielo lo mismo…

DQ: ¿"En la Tierra como en el Cielo"?

C.G.JUNG: Aquí sería más bien: "En el Cielo como en la Tierra".

SP: O mejor todavía: "Como es arriba, es abajo y como es abajo, es arriba." Hermes Trismegisto. Así todos contentos.

C.G.JUNG: ¡Ya lo habéis pillado! Hay tres grupos principales, también hay subgrupos, pero esto es irrelevante, a estas alturas. ¡Esto es todo lo que tenía que decir!

Carl Gustav Jung desaparece. DQ mira con desconcierto a su alrededor.

DQ: Me he quedado confuso después de esta

experiencia. SP, ¿qué ha sido este desfile de personajes? ¿Realmente han sido ellos? Los has visto tú también, ¿verdad?

SP: Totalmente.

DQ: No me he vuelto loco, ¿verdad?

SP: De ninguna manera, ¿cómo se te ocurre?

DQ: Debería, ¿verdad?

SP: Conforme a las recomendaciones de Cervantes, así tendría que ser.

DQ: Tienes razón. Me esforzaré. ¿Cuántas veces en esta vida te da recomendaciones el famoso Miguel de Cervantes Saavedra...? ¿A qué hay que prestarle atención? De un lado, el hombre sin el equipo adecuado, puede muy fácilmente caer en lo trágico.

SP: DQ, tú te refieres a las motocicletas, a los cascos, a las chupas de cuero…

DQ: No, me refiero al aprendizaje. Y, por otro lado, el universo, la naturaleza, esta perfecta creación.

SP: A mí no me parece perfecta.

DQ: ¡Porque no te esfuerzas en ver la esencia! Atiende, existen el Cosmos – orden y Caos – desorden. Llamamos desorden a todo lo que no entendemos. Pero, desde la teoría del caos, se han empezado a conquistar cachos cada vez más grandes del territorio del caos; estos se van añadiendo al orden. Se puede esperar, entonces, que este acabará conquistando al caos por completo, quiero decir, el territorio del caos.

Finalmente, entenderás tú también que todo es perfecto.

SP: ¿Y esto, cúando será?

DQ: Ignoro tu pregunta, SP. Es irrelevante por ahora. Entonces, ¿cómo se exploran las profundidades del micro y macro cosmos? ¿Cómo acercarte a ellos para hacer de ellos tus amigos? Pues solo tienes que cambiar tu forma de pensar, acostumbrarte a números casi infinitos, uno seguido de innumerables ceros, que luego relacionas entre sí. Por ejemplo, sabes que hay un planeta en el Universo, llamado Alderamin, que tiene un diámetro de dos mil quinientos millones de kilómetros, frente a los doce mil quinientos kilómetros que tiene la Tierra. Ahora, imagina la distancia a la que tienes que estar de Alderamin, para ver sus horizontes, para verlo en su totalidad. Creo que se puede calcular mediante trigonometría. Básicamente, tienes un círculo, desde su centro dibujas una altura, luego un radio, la mitad del diámetro del círculo. Estos dos deben estar en ángulos rectos. Luego unes con una tangente los vértices de las dos líneas. Obtienes un triángulo rectángulo, luego tomas el coeficiente adecuado de las tablas y ahora, gracias a Pitágoras, puedes calcular la longitud de la altura. Al final del todo, estás tú. ¿Qué ves? Es como si deseases ver una célula o un átomo. Solo que vas a hacer la operación a la inversa, con menos. El gran infinito y el pequeño infinito. Estás en el medio, y en ambos extremos y en todas partes está ÉL.

SP: ¡Yo también podría haber pensado en eso!

DQ: Si, pero no lo has hecho...

SP: Ya, y ¿para qué?

DQ: ¿Alguna vez has oído hablar de la expansión de la conciencia? ¿Cómo conocerte a ti mismo o al mundo si nunca sales de tu casa? Como mucho, conocerás tu casa.

SP: Vivo en un edifio. ¿Qué? ¿No lo sabías?

DQ: No estás siendo serio.

SP: Esta cosa de la conciencia ... Me pregunto, ¿las chicas también tienen conciencia?

DQ: ¡Bueno, todo esto de la conciencia es cosa del demonio! Al principio es solo una vocecita chillona en tu cabeza, que no hace más que criticarte: no hagas esto, no hagas aquello, cepíllate los dientes, ¿qué dirá tu madre si haces esto?, ¿qué dirá tu padre? ¡Y sácate el dedo de la nariz! ¡Te saca de quicio! Intentas taparle la boca, pero no lo consigues de ninguna manera. No te deja en paz ni un momento, confunde todos tus pensamientos. Estás haciendo algo, no, ¡eso no está bien! ¡Hazlo de otro modo! O peor aún, deberías hacer algo completamente diferente, y cuando haces lo que quieres, ella empieza a culpabilizarte: ¡ves, te lo dije! A veces ni te deja dormir, incluso se te aparece en sueños.

SP: ¿Es como cuando tienes una pesadilla? ¿O un sueño húmedo?

DQ: ¡Realmente no te lo estás tomando en serio!

SP: Me has quitado las ganas de comer. Vamonos a Vadu a la pesquería, puede que nos den de comer.

DQ: Estoy conforme con esta maravillosa aventura... Hagamos una pausa, descansemos las mentes calenturientas. Pago yo y montamos un plan de ataque contra estos malditos molinos.

Escena 2

DQ y SP se suben a las motos. Se sientan cara al público y "conducen" hacia la pesquería.

SP: ¡¡¡Arranca de una vez, maldita mula!!!

DQ: No le hables así, que por eso no arranca.

SP: ¡Vale, vale, disculpa! Venga, cari, hazlo por mí. ¡Mira, arrancó! Tenías razón.

DQ: ¿Nos siguen funcionando los micros? Así charlamos durante el viaje para no quedarnos dormidos.

SP: Creo que sí. ¡Me encanta la Autovía! El superlativo de camino o sendero. Sobretodo la A9 alemana, de noche, en fin de semana, cuando todo el mundo regresa a casa, con tres carriles hacia Berlín y otros tres hacia Múnich, llenos.

DQ: Los alemanes lo llaman "Blech Lawine", o sea

"Avalancha de chapa de metal".

SP: ¡Sí! De frente, a la izquierda, una fila interminable de luces blancas, sabes, como el "gusano de fuego", de cuando llegan los feos esos con las antorchas para atacar al pueblo en esa película de Antonio Banderas, "El guerrero número nueve"[4].

DQ: ¡Diez!

SP: Vale, diez. Y de frente, cientos de semáforos en rojo. Donde más me gusta es en las colinas cerca de Núremberg, como serpentea de arriba abajo, en un movimiento continuo. Me siento como en un videojuego. Acelero, freno, adelanto, me cambio de carril. Siento la capa flotando al viento por detrás mío, pareciéndome a un ave rapaz que bate "fuerte" las alas. Corro a lo loco, como si tuviera que llegar el primero, me tenso como un arco, me entra el vértigo, la realidad se desvanece, me vuelvo virtual.

DQ: Espero, aún así, que seas consciente de que no tienes diez vidas como los gatos.

SP: ¡Nueve!

DQ: ¡Maldita sea!... Sabes, estaba pensando en tu imagen del videojuego, me parece muy bonita, incluso poética.

SP: Un cumplido así me sienta bien. Me levanta el

---

[4] Hace referencia a la película "El guerrero número trece" con el mismo actor. N.T.

ánimo. ¡Gracias!

DQ: Además, llevo observando desde hace tiempo, que prefiero jugar en una autopista casi vacía como ésta. Solo te cruzas con algún tarado que va con retraso, por la tarde, siendo todavía de día. Vamos a baja velocidad, puedo admirar la belleza del paisaje y me siento agradecido. Voy contando los cuatro tiempos del motor: 1,2,3,4,1,2,3,4... Me podría quedar dormido.

SP: ¡Eso no! Los de la novela corta de Gogol, que rodaron y rodaron hasta quedarse dormidos, se lo podían permitir. Iban en carroza.

DQ: Sí, me gusta. Recuerdo leer un texto que describía el camino a la pesquería. Este, se hacía cada vez más estrecho hasta llegar allí. Y como nadie supo decirme el antónimo de "superlativo", lo llamaré tu sendero, sin más.

SP: Me muero de hambre, démonos prisa o hagamos un rally. Quien llegue primero, come pescado.

DQ: Que sepas que puedes llegar primero, ¿has olvidado que no como pescado? Así que date prisa, si quieres, que te alcanzo.

Escena 3

El interior de una bodega, hay un ruido infernal.

DQ: ¿Por dónde has venido?

SP: Pues, cogí la autovía entrando por la DN2, y crucé el canal.

DQ: No, no, después de Vadu, ¿fuiste por la playa o el camino de piedra?

SP: El camino de piedra. Tenía tanta hambre que no quise correr el riesgo de quedarme atrapado en la arena. ¿O de enarenarme?

DQ: Vale, ¿ya pediste?

SP: Solo tienen platos a base de pescado. Para mí, bien, para ti, no. Pero la cerveza ya está de camino, así nos podemos ir relajando del viaje. ¿Te parece?

DQ: Aquí hay tanto ruido que no me oigo ni hablar.

SP: Les he dicho de bajar el volumen y no quisieron. Será alguna estrategia comercial.

DQ: ¡Está bien! ¡Entonces me tomaré tres raciones de patatas fritas con salsa de ajo!

SP: ¿Qué?

DQ: ¡Que son vitaminas!

SP: ¡¡¡Qué!!!

DQ: De todos modos, no se oye nada con este estruendo. ¡¡¡¡VOY A ESCRIBIR EL PEDIDO CON NAVAJA ENCIMA DE LA MESA!!!!

Escribe el pedido con la navaja en la mesa.

Llega un camarero y lee el pedido. Trae las patatas fritas con la salsa de ajo y un plato con pescado.

SP: ¿No dijimos que montábamos un plan de ataque?

DQ (*dubitativo*): Sí.

SP: Yo voto en contra.

DQ: ¿No quieres montar un plan?

SP: No quiero atacar las turbinas eólicas.

DQ: ¿Te da pereza? ¡Reconócelo, SP! ¡Te da pereza! Te ves montando el plan, llevando las herramientas, mientras tiemblas de miedo por si te pilla el guardia. ¡Reconócelo! Te da miedo y pereza. ¡Esa es la verdad! No quieres escribir el guión porque no somos escritores, ni quieres atacar las turbinas. ¿Por qué?

SP: Estoy a favor de la energía verde. Ahora debo pelearme contigo porque te empecinas en atacarlas, con lo a gusto que estamos aquí.

DQ: Tienes razón, SP. Ya pensaremos en esto mañana.

DQ: ¡Gracias por la comida! ¡Vayámonos rápido de aquí!

SP: ¿Adónde?

DQ (*gritando*): ¡Salgamos de este estruendo para poder entendernos!

Escena 4

Saliendo de la pesquería, se van a subir a las motocicletas pero se quedan con un pie levantado, de piedra.

SP: ¿Lo oyes, DQ?

DQ: Sí, oigo una especie de zumbido en el oído. Creo que me ha dado un acufeno.

AC: ¡Chicos, chicos! ¡Oíd, los de allí! ¿No creéis que habéis dicho ya bastantes tonterías? Os habéis salido de la escena, os olvidáis quiénes sois. ¿Para qué me habéis inventado? Me aburro.

DQ *(hablando como en un sueño en el que se esfuerza en intentar hablar y moverse)*: Yo te creo, yo te…

AC: ¿Mato? ¿Ah, no empieces! Me diste hasta libre albedrío.

DQ: ¿Y qué tal si te lo quito?

El AC los reduce a escala y empieza a dar vueltas alrededor de ellos.

AC: Los veo enfadarse conmigo y de repente, siento la necesidad de verlos de cerca. Utilizo el método reduccionista. *(dirigiéndose al público)* Reduzco el paisaje, junto a la playa, la marea, la pesquería a la escala 1:1000 y los pongo encima de mi mesa de trabajo. Me entra un temor horrible. ¡Ya no puedo ver nada! ¡Me he vuelto ciego! Empiezo a vislumbrar algo. Puede que tenga que cambiar mis gafas de cerca. Me he pasado con el reduccionismo. Todo el mundo te dice, no sé bien por qué, de no exagerar. Así que esta vez voy a utilizar el camino inverso hasta llegar a una escala conveniente. *(agranda a los dos de vuelta a su tamaño real)* ¡Tengo una idea mejor! Me expando yo. *(el AC se agranda y se vuelve tan grande que se da con la cabeza en el techo)* ¡Demasiado! Un pelín menos. *(se achica un poco)* ¡Así! De frente tengo a la playa, detrás el mar, al lado de la playa, la pesquería, ellos dos en el aparcamiento junto a las motocicletas, unos sauces y unas vallas de junco. Así, solo para decorar. Y polvo, mucho polvo. Como una escena de "Gulliver y los siete enanos". No, lo de los enanos era de "Blancanieves" ¿o de "Goliat en el país de las maravillas"? No sé, creo que me estoy liando con los cuentos de la infancia. ¡Por allí va Caperucita Roja!

De entre bastidores, aparece Caperucita Roja que atraviesa el escenario de un lado a otro.
El AC se queda mirando boquiabierto.

AC: ¡Esto no tiene ningún sentido!... Miro el escenario y me entran unos sentimientos encontrados y a la par placenteros de plenitud y de ternura hacia estos dos. Les voy a dar gusto y les mando uno que venda helados. Creo que italiano, porque grita sin parar: ¡Gelatti! ¡Gelatti! ¡O Gellata! ¡En fin!

Entra el Vendedor de Helados gritando a pleno pulmón: ¡Gelatti! ¡Gelatti! ¡Gelatta!
DQ y SP empiezan a moverse y a hablar de forma normal.

DQ: Y tú, ¿qué leches quieres?

VENDEDOR DE HELADOS: Yo quiero venderos helado noruego que tengo en promoción.

AC: ¡Hala, que es noruego!

DQ: ¿¡Helado?! ¿¡Después de cerveza?! ¿Quieres que se nos fastidie el estómago? ¿Quieres pasarte la noche entre juncos? Serás algún enemigo y yo sin enterarme! ¡Desaparece!

El noruego desaparece y DQ se queda inmóvil, de piedra. Observa el AC.

SP: ¿Qué ha pasado?

DQ: Tengo una visión. Estoy viendo algo así de grande que solo puede ser ÉL.

AC: ¡¡¡No, no, no!!! No te asustes, que soy yo, el, Artistal Creador. Se me olvidó deciros que os había reducido a escala, pero no me quedé satisfecho y entonces me expandí yo para veros mejor. No tenía claro el guión y así pensé que tendría una visión de conjunto. ¡No es ÉL! ÉL es completamente diferente.

DQ: ¿Pero podemos hablar con ÉL, igual que hablamos contigo?

AC: ¡Oh, no! ÉL tiene dos tipos de lenguaje: uno metafórico, cuando hace referencia al Universo expandido, y, cuando se refiere al contraído, es como una especie de zumbido.

SP: ¿Será MORSE?

DQ: ¿Tú has oído ese zumbido del que hablas?
AC: ¿Hablas conmigo?
DQ: Sí.
AC: Sí, lo he oído varias veces.
SP: Tendrá él también un principio de acufeno.
AC: Necesitamos un título para el guión. Tenemos dos personajes, tenemos un decorado y el atrezo, necesitamos un título. ¡DQ, piensa en uno!

El Artista Creador vuelve a su tamaño normal, se seca el sudor de la frente y se tumba en el suelo.

AC: ¡Cuánto esfuerzo! Esto no lo vuelvo a hacer.

DQ y SP lo miran tras subirse a las motocicletas.

SP: Bueno, y ahora, ¿qué hacemos?
DQ: Propongo que nos marchemos a la Periboina. Allí es tranquilo, podemos quedarnos a dormir en la playa, y dormirnos mirando las estrellas.
SP: ¡Perfecto! Solo nos queda decidir si vamos por la playa o por el camino de piedra. Si vamos por la playa, es posible que nos quedemos atrapados o, más bien, enarenados.
DQ: Lao Tse dice que es igual ir por el camino de piedra que por el de la arena, lo importante es seguir por el camino. O sea, TAO. ¿Sabes qué? ¡Echémoslo a suertes!

Escena 5

Se echa a suertes. Se cambia el decorado y se ve una zona arenosa, desértica.

Los dos están atrapados en la arena. Ya no pueden conducir las motocicletas.

Por detrás, llega, jadeante, el AC, que cuando llega a la altura de los dos, se tira al suelo, respirando profundamente.

DQ y SP le ignoran.

SP: Ves, ya lo sabía yo, estamos enarenados. ¡Tú y tu moneda tenéis la culpa!

DQ: O puede que solo la moneda. También puede que sea el azar el que quiso que nos detuviéramos aquí. Y, en definitiva, ¿qué problema hay? No hemos llegado todavía a la Periboina, pero estamos suficientemente lejos de ese estruendo infernal, que ya no se oye y encima está anocheciendo. Solo así se pueden ver las estrellas, muchas de ellas. Propongo que acampemos aquí. Llamemos este lugar bendecido, EL LUGAR EN LA ARENA, y así acordarnos de él. ¿Tú que dices?

SP: Digo que me voy a recoger algo de leña para hacer fuego.

DQ: Mientras tanto, voy buscando las mantas, les quito las sillas de montar a los "caballos", donde los "caballeros errados" descansarán sus cabaezas llenas de…

SP: ¡Se dice "errantes"!

DQ: Deja de interrumpirme que me sacas de concepto. Y mira, ¡ahora ya no me acuerdo de lo que quería hacer!

SP: Ibas a desmontar los sillines de los "caballos".

DQ: Eso, eso, ya me acuerdo. Y tú ibas a por leña.

SP: ¿Es, de hecho, la actitud correcta servir a los demás o al revés?

DQ: ¿Cómo dices? Si hago fuego, yo también me siento al lado de él. ¡Con lo cual, también me sirvo a mí mismo!

SP: Sí, pero es más duro recoger leña que buscar mantas.

DQ: ¡Eso es lo que tú te crees! Debería buscar las mantas en casa, porque se te ha olvidado traerlas. ¿Tienes algo que decir a tu favor?

SP: Digo que me voy a por leña... *(ya solo)* Siempre cayendo de pie como los gatos, que tienen diez vidas, ¿o eran solo nueve?... ¡Que les den a los gatos!

SP se va y vuelve con un fajo de ramas secas.

DQ: Me gusta mirar las llamas. Desde siempre, a los hombres les ha gustado mirar el fuego después de volver de la caza o de la pesca, o peor aún de recoger raíces. Costumbre que se ha mantenido hasta hoy, por eso miramos la tele. Lo vi en un vídeo de youtube.

SP: ¿Crees que la tele hace publicidad de los canales de forma subliminal?

DQ: No sé. A mi gusta la idea del fuego. Siempre que vengo aquí me siento como un jinete escita, sentado frente al fuego meditando, su caballo pastando un poco más allá.

SP: Espero que no estuviese enarenado, me refiero a su caballo, igual que los nuestros. *(para sí mismo)* ¡Puñetas! No tendría que haber dicho eso. Ahora me hará lecciones de moral de nuevo.

DQ: Y espero que no formes parte de los que quieren matar la poesía. Te conozco bien, tienes un alma noble, ¡y espero que esto solo se te haya escapado!

SP: ¡Perdón! ¡Mil perdones! O como dijo él, un uno seguido de muchos ceros. ¡Realmente se me escapó! Sabes que sigo los preceptos de la Biblia. Allí, en los salmos de David se lee: ¡"No matar ni una mosca, mucho menos la poesía"!

DQ: Los hindúes lo llaman AHIMSA – el sentimiento de no violencia hacia todos los seres de la Tierra, ¡no solo las mosca y la poesía! ¡Me parece guay!

SP: A mí me parece que estoy seco. Me voy a por una cerveza. ¿Te traigo una? ¡Voy a por ellas!

DQ: ¡Salud! ¿Sabes?, parece que hemos nacido bajo el signo de Acuario. Me gusta el lujo, pero bien que puedo dormir a gusto bajo las estrellas.

SP: Yo soy Libra. Pero, ¿me oyes, DQ? A propósito de dormir bajo las estrellas, ¿no te da cosa que pueda pasar algo? ¿No tienes miedo?

DQ: Claro que sí, me da miedo que lleguen unos tarados con sus Jeeps y que golpeen mi motocicleta, en cuyo caso me verría obligado a destruírlos, prenderles fuego y arrojarlos al mar.

SP: ¡No me parece bien! ¡Eso es violencia! Yo lo haría de otra manera. Les pediría que golpeasen también mi motocicleta. Ya sabes, eso de poner la otra mejilla.

DQ: ¡Eso realmente me ha gustado! Pero te cuento una cosa acerca del miedo. Al principio, lo veía todo separado así: yo y el mundo. Había una frontera entre ambos. Todo lo que venía de fuera, lo sentía como una agresión. Era una situación desequilibrada, yo a solas y el mundo como ya sabes. Pero más tarde me di cuenta que la posición correcta era yo con el mundo. Y de repente me salieron siete mil millones y medio de amigos. Desde entonces, todo lo que viene como una agresión externa se divide entre todos nosotros. Qué fuerte, ¿no?

SP: ¡Sííí!

DQ: ¿Sabes que te digo, SP? Ese que nombré el Artista Creador se ha quedado frito, así que estamos bastante bien "puestos" para mirar las estrellas. Nos entraría un mareo mayor todavía, así que nada de meditaciones profundas. No sé qué te parece, pero a mí me apetece tomarnos el día "libre" y rememorar las hazañas del pasado.

SP: ¡Suena bien! Me voy a por cerveza. ¿Quieres también tabaco?

DQ: ¡Sí!

SP: ¡No hay nada mejor que esto! El mar de finales de julio, la playa desierta, con la arena todavía caliente y dos amigos rememorando recuerdos. Espera, me he dejado los juncos. Y los juncos que se inclinan bajo la brisa del atardecer… De ese lado se oye el zumbido de los insectos y …

DQ: ¿Seguro que son insectos? ¡O a lo mejor ÉL nos quiere decir algo!

SP: No hagas que vaya a mirar, que entonces ya no rememoramos nada. ¿Por qué dicen eso de "rememorar historias"? ¡Que diablos!

DQ: ¡No, no! Pienso que si podemos prestar un poco de atención, veremos lo que nos sugiere ese zumbido.

SP: ¿Podemos seguir ya? Jolín, ya he perdido el hilo. Querría decir que poco a poco me está entrando un sentimiento místico como si estuviera bajo tierra en una cueva.

DQ: A mí me está entrando un sentimiento religioso, como si estuviera en una iglesia.

SP: ¡Más de lo mismo! Dejame que te haga una pregunta, tú le has puesto a este sitio "el lugar en la arena" como nombre. ¿Te importa que lo cambiemos?

DQ: ¡Para nada! No tengo este tipo de vanidad. A mí, en ese momento, me pareció bien, pero si tú lo quieres cambiar, lo cambiamos. ¿Y cómo lo llamamos?

SP: "La Iglesia de Dios" y entre paréntesis "al aire libre". A mí me parece bonito. Iglesia-Dios-Libre. ¿Qué dices?

DQ: Espontáneo, te aseguro que no es el orden adecuado. Lo mismo me columpio, pero lo diría así: ÉL-Libre-Iglesia. ¿Qué te parece? Incluso queda ligero.

SP: Y entonces, al final ¿cómo lo llamamos? ¿Dios, libre, tiene una iglesia al aire? ¡Qué va, suena de culo! Y, encima, ese no es nombre para un lugar.

DQ: Jolín, tienes razón. Espera que tengo otra idea. ¿Por qué no lo llamamos simplemente "SU IGLESIA", con mayúsculas para que se sepa bien de quien se trata? Y hasta puedes añadirle tranquilamente al aire libre.

SP: No funciona. Tendríamos que decir la "IGLESIA de ÉL". Pero espera un momento, ¿por qué no le ponemos simplemente Dios? Esto simplificaría las cosas.

DQ: No lo llamo así para no generar confusión. Si lo llamas Dios, enseguida se pican algunos: "¡Vosotros sois los de las cruzadas, de las conquistas y de la inqusición!" Si lo llamas Alá es peor, se pican otros: "¡Ajá, vosotros sois los pro-terroristas, los del petróleo y del fundamentalismo!". Y si lo llamamos Yahvé, se pican los demás: "¡Vosotros los de los bancos, de los negocios, agarrados y envidiosos!". En cambio, si lo llamas Buda, nadie tiene ni pajolera idea de quién fue, aunque pudiera quitar todos los sufrimientos y fuese el supremo. Así que sigo la enseñaza de "no venerar ídolos", y, encima, no doy ningún nombre que pueda crear confusión, porque, entonces, nadie se enteraría de nada. Pero, ¿sabes qué?, tengo una idea mejor. Lo vamos a llamar como dijistes al principio, pero sin paréntesis. Fíjate cómo suena: "Iglesia de Dios al aire libre". ¡Suena perfecto!

SP: ¿Me tomas el pelo?

DQ: Para nada. No está permitido burlarse de las creencias ajenas. Insisto: ¡¡¡NO ESTÁ PERMITIDO!!!

DQ se levanta de golpe y empieza a construir en medio del escenario. Utiliza latas de conserva vacías, conchas blancas, caracolas y arena. A lo largo de la conversación que sigue, traza una curva evolvente.

SP observa toda la acción y a veces le ayuda dándole atrezo.

SP: Hay algo más. Tu has dicho el "lugar" en la arena. Falta la palabra lugar, o sitio.

DQ: Antes funcionaba, ahora no. ¿Qué quieres decir con lugar? Que algo se alla en algún sitio, ¿verdad? ¿Te imaginas un montón de lechones a cuatro patas, en busca de un sitio en concreto, por aquí, por la playa?

SP: ¡Sí, y esto me divierte! ¡Lo pondré entre paréntesis con letra todavía más pequeña, sugiriéndoles que lo busquen!

DQ: ¡Eres un sádico!

SP: ¿"Rememoramos" algo más?

DQ: Tenemos todo el tiempo del mundo... Cuántas veces me habré quedado así, en la posición del loto, mirando la arena, pensando en el desierto. Ya conoces el cuento del desierto, de los 40 días, etc., y sale luego uno repitiendo como un papagayo: "O, vanidad, vanidad de vanidades, todo es vanidad, ¡hasta la vanidad es vanidad!"

Entra en escena el Eclesiastés. DQ se detiene pero SP intenta continuar.

SP: Ah, ¡lo conozco! Se llama Eclesiastés. ¡Menudo nombre más complicado! ¡No le hagas ni caso!

DQ: Lo he intentado, ¡pero es muy insistente! *(girándose hacia el Eclesiastés)* ¡Buenas tardes! ¿Qué te trae por estos benditos lares?

ECLESIASTÉS: Este es mi trabajo. Cuando oigo la palabra desierto, o cuando alguien la piensa, tengo que decir aquello de: vanidad... etc... Pero tienes que tener en cuenta que a cada vez que alguien piensa en ya tú sabes qué, tengo que trasladarme allí de inmediato. Me he vuelto ubicuo. Lo peor es el Sáhara, el de Atacama o el de Gobi. Allí, esta palabra está a la orden del día.

DQ: ¡Ya me doy cuenta del tipo de vida que tienes! ¡Este trabajo tuyo es sisífico!

ECLESIASTÉS: ¿Qué? Ese, el trabajo de Sísifo es un chiste. Él tiene una colina y empuja algo que parece una piedra. Puede que sea aburrido, pero no es duro.

DQ: ¿Sabes qué? Vamos a engañar la cosa esta. No digamos ya lo que tú ya sabes,… digamos arenal.

ECLESIASTÉS: Lo he intentado, pero no funciona.

El Eclesiastés desaparece en un segundo.

Llega la mañana. Las turbinas eólicas aparecen de nuevo de fondo.

DQ: Ni siquiera pude decir "¡Desaparece!" que desapareció por su cuenta... ¡Qué extraño!

SP: O tal vez se despertaron en el Sahara. Haré café. ¿Te importa si me lo bebo por allí, en la playa, solo? Quiero hacer nudismo y sabes que soy un poco púdico.

DQ: ¡Venga ya! ¿Cómo me vas a molestar? ¡No digas tonterías!

SP: Pero me gusta decir tonterías. *(mira fascinado la construcción de DQ)* También me gusta cuando hacemos tonterías. Tonterías que no tienen nada que ver con lo que hemos planeado antes.

DQ: Pensándolo bien, a mí también me gustan. Cuando te vayas, llévate los cascos, así seguimos charlando también. Diablos, SP, creo que ayer pillamos una buena cogorza.

SP: Sí, ¿y qué?

SP se marcha unos metros más lejos.

DQ: Casco 1 a casco 2. ¿Me recibes?

SP: ¡Roger!

DQ: ¿Quién es Roger?

SP: ¡Maldita sea!

DQ: Tranquilo, tranquilo, solo querría contarte lo gracioso que te ves con el culo desnudo y el casco alemán puesto. Faltan algunos "Panzers" más por vani…

SP: Ojo, que aparece de nuevo el de las vanidades.

DQ: Oye, que se nos va el santo al cielo… SP, nos hemos olvidado por completo el guión que estábamos escribiendo.

SP: Llama al AC que encuentre una solución creativa.

DQ: Artista, ¿dónde andas?

El AC se despierta, somnoliento, frotándose los ojos.

DQ: Tenemos un personaje principal, tenemos un

título, pero no tenemos nada de acción.

AC: ¡A buenas horas te das cuenta! ¿Dónde os habéis quedado con la historia?

DQ: La trama es que dos motociclistas atacan unos molinos de viento, turbinas eólicas.

El AC observa a las turbinas de arriba abajo, un buen rato. Hace un gesto hacia ellas y después rompe a reir.

AC: ¿Atacar a estos gigantes? ¿Estáis locos?

DQ: Totalmente locos.

AC: Pensemos. ¿Los dinamitamos? ¿Los fundimos? ¿Los atamos con unas cuerdas y los tiramos abajo? ¡Hm! No hay muchas maneras de atacar turbinas eólicas. Es igual de triste que con la muerte. Solo hay cuatro formas: suicidio, accidente, buena muerte.

DQ: ¿Es la enfermedad la cuarta forma?

AC: De ninguna manera. La enfermedad es una buena muerte.

DQ: ¿El crimen?

AC: Podría ser, pero es un accidente.

DQ: ¿El crimen es un accidente? AC, estás empezando a decir tonterías. Entiendo que no tengas ni idea de cómo atacar a las turbinas eólicas, pero, ¿cómo hacemos para darle algo de suspense a la acción importante de nuestro guión? ¿Qué clase de artista creativo eres tú?

AC *(bailando de felicidad)*: ¡Tengo una idea! ¡Tengo una idea! Al final, tengo una idea, queridos míos! Convoquemos al amor. ¡Tenemos que traer a una mujer! ¡Que entre DDT!

Escena 6

De entre bastidores, entra empujando una motocicleta, una chica con el pelo azul, muchos anillos e innombrables pendientes en ambas orejas, vestida de roquera.

SP está con el culo al aire, con los auriculares puestos y de cara al mar. DQ se queda de piedra y mira a la chica como si fuese un milagro andante. Empieza a arreglarse el pelo y la ropa.

SP se da la vuelta y ve a DQ y AC mirando a DDT, intenta abrir la boca pero DQ se la tapa con la mano.

La chica empuja la motocicleta hasta la mitad del escenario, donde se detiene bruscamente y no puede moverla más.

AC: ¡Se ha enarenado!
SP: Me voy a por una cerveza, ¿quieres una?
DQ: ¡Claro!
SP: ¡Toma, aquí la tienes! ¡Salud!
DQ: ¡Gracias! ¡Salud! No hay nada como esto. Estar a la orilla del mar, mirar como amanece y tomarse una cerveza, por la mañana, con el estómago vacío… ¿Y bien? ¿Has conseguido meditar?

SP: Así, así. Medité sobre la revelación que tuvo Fritiof Kapra a orillas del océano. Sabes, cuando se dio cuenta de que, realmente, esas cosas con átomos, moléculas y las partículas de las cuales están formadas, interactúan, produciendo y formando a su vez otras partículas, que la atmósfera terrestre está siendo permanentemente bombardeada por tandas de rayos cósmicos, partículas de alta energía y que, a su vez, sufren múltiples colisiones. Siendo físico, los conocía en teoría, por sus investigaciones en física de altas energías, pero hasta ahora solo los había percibido como gráficos, diagramas o teorías con fundamento matemático. Pero en ese momento, las vio como cascadas de energía vertiéndose en el espacio donde las partículas se creaban y destruían rítmicamente. Vio los átomos de los elementos y de su propio cuerpo, atrapados en la danza cósmica de la energía; sintió su ritmo y oyó su música, y en aquel momento supo que era "la Danza de Shiva, el dios venerado por los hindúes."

DQ: ¿Y bien?

SP: ¡Y no vi ningún puñetero átomo, maldita sea!

DQ: ¿Quizás porque estaba a orillas del océano y no del mar? O quizás porque se fumó algo, ¡jajaja!

SP: ¡A saber! Y tú, ¿has meditado algo?

DQ: Estuve pensando mucho en la vida de Nassim Haramein, de sus primeros años de colegio, cuando tuvo una serie de experiencias esotéricas, que no detalló y tuvo la intuición de que la realidad es más que lo que percibimos de ella. ¡Fíjate a lo que se dedicaba cuando era niño! A los diez años, cuando tuvo su primera lección de geometría y cuando el maestro lo sacó a la pizarra y le dijo que iban a tratar de las dimensiones, se puso muy contento de que alguien finalmente le explicara lo que ocurría en el otro mundo, el que no vemos. Le iban a decir cuáles eran las otras dimensiones ocultas y se dijo a sí mismo: "Por fin, un adulto me va a hablar de algo real". Pero inmediatamente, la decepción fue mayor. No le dijeron nada sobre las dimensiones con las que había vivido hasta entonces, en cambio, el profesor, se acercó a la pizarra y dibujó un punto diciendo: "El punto es la dimensión cero y no existe".

SP: Te parecerá gracioso, pero desde donde estoy, mirando por encima de tu hombro, veo, a lo lejos, en la playa, un punto. Puede que sea la dimensión cero, pero la veo, ¡así que existe!

DQ: Eso es lo que dijo Nassim: "¡Lo veo, entonces existe!" Luego, el docente hizo una serie de puntos, uno tras otro, obtuvo una línea, y dijo que era la dimensión uno y que tampoco existía, porque no tenía volumen...

SP: Curioso, mi punto se ha convertido en una línea.

DDT ha conseguido levantar la motocicleta y la sigue empujando muy lentamente hacia los dos.

DQ: Luego su maestro trazó un cuadrado de cuatro líneas hecho de puntos y dijo que esa era la dimensión dos, la dimensión en la que vivían los héroes de los cómics. Y, ¿adivina qué, SP? Esa tampoco existe, porque tampoco tiene volumen.

SP: ¿¡Cómo es posible!? Ahora mi línea se ha convertido en una silueta empujando una KTM.

DQ: Finalmente, el profesor dibujó un cubo, dijo que esa era la dimensión 3, que sí existía porque tenía volumen y que esa era la dimensión en la que vivíamos. Llegados a este punto, a Nassim se le hincharón las narices. Y, pensó: tienes un punto que no existe, una línea que no existe, un plano que no existe y todo esto creas una existencia. Eso no es posible, deberías seguir obteniendo una no existencia. Concluyó: "¡Esto es un acertijo, y tengo que resolverlo!"

SP: Y para mí, parece que se ha convertido en un acertijo también: ¿qué hace una chica con una KTM? La está arrastrando por el suelo, le ha pegado tres patadas y ahora da vueltas a su alrededor. Si giras la cabeza, la verás.

DQ *(gira la cabeza y observa lo que hace DDT)*: Sí, ya veo que la está pateando de nuevo. Ahora se ha sentado en la arena, en la posición del pensador de

Hamangia[5], con los codos sobre las rodillas y la cabeza entre las manos, solo que en vez de mirar el cielo, mira la arena. Espero que se quede ahí un rato más, así puedo terminar la historia sobre Nassim. Seguro que vendrá a vernos pronto... Entonces, por la noche, en el autobús que lo llevaba a casa, Nassim pensó que no podría vivir un día más en este planeta sin resolver este problema. Y pensó y pensó... sin saber que nadie en la tierra lo había resuelto todavía. Y a medida que el autobús se llenaba cada vez más, decidió sacar su mente del autobús y expandirla más y más. Se elevó y miró con el ojo de su mente cómo el autobús se convertía en un punto, luego se elevó aún más y vio cómo la Tierra se convertía en un punto, luego el sistema solar se convirtió en un punto, luego la galaxia se convirtió en un punto, y luego, decidió regresar, al sistema solar, luego en la Tierra encontró el autobús y regresó volando a su cuerpo.

SP: Yo he volado con la mente hasta su traje de cuero y creo que me voy a quedar allí un ratito más.

DQ: ¡No eres serio, SP! Finalmente, Nassim miró su mano y voló dentro su mano, con el ojo de su mente, y vio que estaba hecha de puntos. No sabía que se llamaban células. Después, entró en uno de esos puntos y vio que constaba de miles de puntos

---

[5] Estatuilla del neolítico tardío que representa a un hombre sentado, sujetándose la cabeza con las manos. N.T.

más pequeños que se llamaban átomos y voló hacia un átomo y vio que en su interior, en el centro, había de nuevo otros puntos y así sucesivamente, y ese fue su primer destello sobre la naturaleza fractal del Universo. De repente se dijo a sí mismo: "¡Sé cómo solucionar el problema! Hay un punto, dentro de un punto, dentro de un punto, hasta el infinito. Y lo único que existe es un punto. ¡Dentro de un punto está toda la información disponible! ¡Cada punto contiene el Todo! Entonces, ¡la única existencia real es el punto, la singularidad!" Aquí, maldita sea, tengo que admitir que perdí el hilo.

SP: He escuchado a menudo esta palabra, "singularidad". ¿Tiene plural esa palabra?

DQ: ¡¡Puñetas!! Espera y déjame seguir con lo que viene a continuación. Dice que a partir de ese punto o de una disposición de puntos, ¡se obtiene en el Universo, toda la REALIDAD!

SP: ¡Tenías razón! Ha levantado la KTM y la está empujando en nuestra dirección.

DDT llega a la altura de los dos.

DDT: ¡Hola chicos! ¿No es un poco pronto para beber cerveza?

SP: ¡Buenos días!

DQ: ¡Buenos días! Nunca es demasiado pronto para un ritual. Pero, ¿adónde estás empujando esa KTM?

DDT: Esa pregunta tuya me recuerda a un chiste. Dos locos se encuentran. Uno va tirando de una cuerda detrás suya, cuando el otro le pregunta: "¿Por qué estás tirando de esa cuerda?" Contesta el primero: "Traté de empujarla, pero no lo conseguí". *(risas)* ¡Está rota!

DQ: ¿Qué se ha roto?

DDT: ¿Cómo que qué se ha roto? ¡La motocicleta, leches! ¿Queda mucho para Constanţa?

SP: ¡Un rato! Si vas en esta dirección, tienes dos variantes. Variante 1: sigue hacia el este, gira 45 grados a la izquierda y hacia el noreste, das la vuelta a la Tierra y finalmente llegas a Constanţa. Ese es el camino más largo. La segunda variante, más corta es seguir la orilla del mar, todo recto, cruzar la desembocadura del Danubio, pasar por Ucrania, luego Rusia, Georgia, Turquía, Bulgaria, volver a entrar en Rumanía por Vama Veche y, siguiendo de frente, llegas a Constanţa . O existe la tercera variante, la más cortade todas. Gírate 180 grados y tienes a Constanţa en frente tuya.

DDT: ¡Vaya, qué graciosillo eres! Seguro que te hacen gracia tus chistes.

DQ: ¡Obvio!

DDT: ¿Pero qué ven mis ojos? ¿Haciendo castillos de arena a vuestra edad? ¿No sois un poquito mayorcitos para esto?

DQ: No somos mayorcitos. SP es un geta místico, y

yo, DQ, soy un guerrero escita, y esta es la maqueta de un proyecto grandioso. Ahora que sabes quiénes somos y qué hacemos, dinos quién eres tú.

DDT: Veo que también tenéis iniciales. Yo soy DDT, o así me llamaba mi ex-novio, a quien dejé hace un par de horas. A mí me gusta.

DQ: DDT, ¿es por...?

SP: ¡Esa me la sé! Es por Dulcinea del Toboso?

DDT: No, no, no... Es por el insecticida americano, qui hizo estragos en los años 50, antes que lo prohibiesen.

DQ&SP: ¡Encantados de conocerte!

DDT: Entonces... Decidme qué pasa con vuestra gloriosa maqueta. Veo una lata de conservas llena de agua, de la que parte una espiral de caracolas marinas, unas líneas de conchas blancas, agujeros en la arena, pequeños como puntos, unos pequeños montículos y algunos castillos de arena. ¿He descrito correctamente vuestro glorioso modelo?

DQ: No, no, no… Nuestra maqueta no es gloriosa, sino el proyecto en sí. Verás, es cuestión de apariencia y de esencia. En apariencia, es como lo has descrito, pero en esencia es mucho más que eso. En primer lugar, están los cuatro elementos: tierra... bueno, aquí es arena. Después de eso, está el agua en el centro, que es el segundo elemento. El calor del sol: el fuego y, por fin, el aire, que está en todas partes.

SP: No te olvides del quinto elemento, el éter. Los chinos dicen que hay cinco elementos.

DDT: El quito elemento es el amor. ¿No habéis visto la película de Luc Besson? ¿Con Bruce Willis y Milla Jovovich?

DQ: ¡Por favor no me saquéis del concepto! El quinto elemento es el éter. Luego, están los ejes. Dos más largos y cuatro más cortos. Los dos primeros, en vertical y en horizontal, representan los puntos cardinales. Ya sabéis, norte, sur, etc... Y los cuatro siguientes, junto con los dos primeros, dividen el círculo en 12 sectores, representando las horas, el tiempo.

DDT: ¡Guau, qué fuerte! ¡No me había dado cuenta!

DQ: Si hubieses venido anoche, lo habrías entendido, porque había escrito arriba N y el número 12, o sea el norte y las 12. Luego, 1, 2, 3 y E y así sucesivamente, pero anoche el viento del norte sopló y los borró. ¡En fin! Y ahora, la espiral. No es una espiral cualquiera, es una espiral logarítmica, EVOLVENTE.

DDT: Me suena haber estudiado esto en la escuela.

DQ: Representa el crecimiento en el tiempo, el desarrollo, la evolución, la secuencia de Fibonacci... Se inicia desde el centro, desde un punto...

SP: ¡No me digas que ese punto no existe!

DQ: ¡No le hagas ni caso! Siempre hace lo mismo. Con lo cual, como te iba diciendo, se inicia en un punto que me gusta llamar FUENTE, ya sabeís, agua, fuente, arroyo…

DDT: ¡Guau! ¡Cómo mola! Y yo que solo vi una lata llena de agua.

DQ: Y crece hacia la derecha, en un movimiento dextrogiratorio, que es un crecimiento positivo, por así decirlo, un crecimiento que significa vida.

SP: En el sentido opuesto, por otro lado, ¿significaría decrecimiento, negatividad, muerte?

DQ: SP, eres la muerte de la pasión. Si me sigues interrumpiendo con tus tonterías, me detengo y no digo nada más.

DDT&SP: ¡Venga, no te enfades! Era una broma. Te pedimos que sigas hablando, ¡lo haces tan bien!

DQ: Bueno, hasta aquí todo claro, ¿no? Fuente, ejes, horas, tiempo y la evolvente que crece con el tiempo. Llegados a este punto, me he inventado un "haiku": "En la espiral del conocimiento, déjame subir"… Jolines, ayer eran 17 sílabas, hoy solo son 16.

DDT: ¿Quién?

DQ: ¡El haiku, leches!

SP: Deja, que también se han visto haikus de 15 o 18 sílabas. Obviamente, no se consideran buenos. Jijiji.

DQ: En fin, lo reharé. Y, de todos modos, tendré que reemplazar la palabra "conocimiento" por "fe" y veréis más adelante por qué. ¡Sigamos! Los agujeros en la arena, los montículos y los castillos de los que hablabas, DDT, son en realidad representaciones de lugares religiosos, desde la Antigüedad hasta las grandes religiones de hoy. Aquí he esbozado, prácticamente, una historia de las religiones.

DDT: Sí, sé de un tal Mircea Eliade, que escribió una historia de las religiones. Lo gracioso es que tú has esbozado una. Mi exnovio hablaba mucho con sus amigos sobre estas cosas. Y hablaba y hablaba... Y yo me aburría como una ostra. Prefiero reír, contar chistes y divertirme, bailar. Ya sabes, cosas por el estilo.

SP: ¡Cómo mola!

DDT: De acuerdo, lo entiendo. Estos agujeros, montículos y castillos son como una especie de iglesias. Pero, ¿qué pasa con estos juncos marchitos, clavados en la arena?

DQ: Allí están enterradas la metafísica y la teosofía. Aquí, en la espiral, están representados el misticismo y la religión, que están relacionados con la REALIDAD. La metafísica y la teosofía son como juncos cortados y clavados en la arena. Así lo dijo Henry Durville.

HENRY DURVILLE (*se oye su voz*): Sí, sí. Eso es lo que dije, porque esa es la verdad. ¿Me creéis?

SP: DDT, calla, no digas nada. ¡Repite con nosotros!

DQ&SP&DDT: ¡SÍ! ¡SÍ! ¡TE CREEMOS!!!

DDT: ¿Qué ha sido eso?

DQ: Nada, de vez en cuando aparecen unos y dicen una u otra cosa. Aprendí que no hay que contradecirlos, que si no comienzan inmediatamente con sus teorías, que no acaban nunca. Es mejor no prestarles atención. ¡Tú haz lo mismo! ¿Puedo seguir?

DDT&SP: ¡Sí, sí, sigue hablando! ¡Nos gusta!

DQ: Bueno, ¡sigo, pues! Ayer, cuando nos atascamos... uh, quiero decir que nos enarenamos aquí, propuse llamar a este maravilloso sitio "El lugar en la arena". Más tarde, SP quiso cambiar su nombre y llamarlo "Iglesia de Dios al aire libre". Por supuesto, estuve de acuerdo. Y aún más, esto me inspiró mucho.

SP: ¿Te parece? ¡Eso es muy amable por tu parte! Me refiero por la mía, jijiji!

DQ: Miguel también me inspiró, cuando nos habló de John Lennon, con su "Imagine", ya sabes: "imagina que no hay países y la gente dividiendo el mundo como hermanos, sin codicia, ni hambre, sin religión, nada por lo que matar, o ser matado" etc...

DDT: ¡Sí, la conozco! Bonita, muy bonita...

DDT empieza a tararear la canción de "Imagine" de John Lennon.

DQ: Sí, me inspiró y comencé a trabajar en un concepto, que os presentaré a continuación.

DDT: ¡Espera! No digas más. Quiero ir a darme un

baño. ¡Tengo un poco de calor! DQ, no digas nada más hasta que regrese, quiero escucharlo todo.

DDT se va a darse un baño.

DQ: SP, dime ¡a que es guapa!

SP: ¿Estas loco? ¿No le ves la cara? Se parece a Lucy Liu, la china de "Kill Bill", con los ojos rasgados que ni siquiera se sientan en el mismo eje, ni sabes cúando te está mirando. Y además, está llena de pecas.

DQ: George Bernand Show dijo una vez que: "el rostro de una mujer sin pecas es como un cielo sin estrellas" y cualquiera te puede decir que más vale un gato bizco que uno que te mira como mira al ratón que se va a zampar.

SP: Vale, eso te lo acepto. ¡Pero mírala! Es pequeña...

DQ: Los diamantes son pequeños, pero valiosos, como diría Dadan, el hombre de negocios y patriota de la película "Gato negro, gato blanco".

SP: Estoy seguro de que es una tártara de Constanţa, o peor, de un pueblo de al lado. Y sus padres, trabajan en una granja con animales, ya que no pueden trabajar la tierra por ser tártaros. Y no creo que haya acabado la secundaria, la habrán formado para algún oficio, o peor todavía, para ser granjera.

DQ: ¡Calla ya! ¿No has oído que mencionó a Mircea Eliade?

SP: No ha dicho nada acerca de Mircea Eliade. Solo ha dicho que su exnovio hablaba de Mircea Eliade.

DQ: Y es tan graciosa cuando dice eso de: "¡Guau, cómo mola!", "¡Guau, qué fuerte!"

SP: ¡Venga ya! ¡Si eso es argot juvenil! ¡Puah!

DQ: De todos modos, para algo ha tenido que valer. Mira, tiene una KTM, un traje de cuero de Harley Davidson, un casco Shohei y tiene hasta las orejas llenas de joyas de oro.

SP: Seguro que las ha comprado en el "Dragón Rojo", unas imitaciones de mala muerte.

DQ: ¡Basta de tonterías! Mira, sale del agua.

DDT vuelve.

DDT: ¡Guau, qué buena el agua! Y clara, no como la nuestra en Constanţa, llena de algas malolientes. Me siento otra persona. Chicos, ¿no tendréis una toalla, por casualidad? Yo no he traído.

DQ: SP, mira encima de mi tienda que está mi bata, y de paso trae unas cervezas. DDT, ¿quieres una?

DDT: ¡Claro! Nada se compara con una cerveza por la mañana con el estómago vacío.

SP trae las cervezas, que los tres abren y luego brindan.

DQ: Venga, ¡jivi!

DDT: ¿Qué es eso?

SP: Ha dicho: "A la vida", en yugoslavo. ¡Salud!

DDT: ¡Salud! ¡Mmm, qué buena! ¿Qué es? ¿Heinecken? ¿Os quedan?

DQ: Un montón. Heinecken es nuestro patrocinador principal. También tenemos de patrocinadores a American Tabaco y a BMW.

DDT: Venga, sigamos con la espiral. ¡Me muero de curiosidad!

DQ: Bueeeeno. Ahora os voy a presentar un concepto. SP lo conoce, pero ¿te sabes tú la historia de la "Torre de Babel"?

DDT: Sí, esa película, "Babel". Pero no era con una torre, sino con Brad Pitt y con la tonta esa, que se fueron en autobús a Irán o Irak, no me acuerdo, y estaban esos dos niños, uno con la escopeta hiere a la tonta y luego se pasa Brat Pitt toda la película buscando un hospital y…

DQ: No, no, no. La historia de la Torre de Babel de la Biblia.

DDT: ¡Ahh, la Biblia! He oído hablar del libro ese, pero no lo he leído.

DQ: Vale, pues te lo cuento brevemente. Érase una vez, en la Tierra, la ciudad de Babilonia. En esos tiempos, los hombres hablaban todos el mismo idioma, y se llevaban a las mil maravillas. Y un día, ¿qué se les ocurre?

SP: ¡Se les ocurre una bala! ¡Jijiji!

DQ: ¡¡¡NO!!! Se les ocurre una idea: "¿Qué tal si construimos una torre que vaya hasta el cielo, a la que llamaremos la Torre de Babel?" Y estaban muy orgullosos de su idea.

SP: La palabra Babel viene del vocablo akkadiano "babilim", que significa "Puerta hacia Dios".

DQ: Exacto. Y de esta manera, llegar hasta ÉL. Dios se enfadó por tremenda osadía y descendió…, ¡fíjate qué palabra! Descendió de los cielos, derruyó la torre, les mezcló los idiomas de tal modo que ya no pudieron entenderse entre ellos y los esparció por la faz de la Tierra. Esta es la historia resumida. Se podría deducir de esto, que a Dios no se le puede alcanzar mediante una construcción, o sea por el pensamiento racional, lógico o matemático, sino de otra manera.

DDT: ¡Espera, espera, espera, que me estoy mosqueando! Voy a por otra cerveza. ¿Os apetece otra a vosotros?

DQ&SP: ¡Claro!

DDT: Y creo que empezaré de nuevo a fumar del mosqueo que tengo.

DDT corre a por las cervezas y regresa.

DDT: Venga,¡jivi! ¿Veis lo rápido que aprendo?
DQ: Venga,¡jivi!
SP: ¡Salud!

DDT: ¿Quién ha escrito ese libro?

DQ: Míralo en la Wikipedia, está todo escrito allí.

DDT: Sí, sí. ¡No, no! No pregunto por eso. Pregunto, como no sabía ÉL que iba a ocurrir. ¿Cómo puede ser? ÉL, el Creador, ÉL que lo sabe TODO, que lo puede todo, que está por encima de todo, frente a una situación tan sencilla, ¡¡¡que reaccione así!!! ¡No me lo puedo creer! Es decir, ellos, los hombres, SU creación, quieren ir a verLO, a conocerlo, y no de cualquier manera. Ellos imaginan una construcción así de osada, y ¿a ÉL que se le ocurre? Los trata de esta manera. ¡No, no, no! ¡No me lo puedo! Alguien como ÉL, que lo puede y sabe todo, les habría ayudado en semejante empresa, sin que ellos se diesen cuenta, sin herir sus orgullos, les habría recibido como Dios manda y les habría ofrecido los mejores manjares y los vinos más caros, les habría escuchado con paciencia, les habría contestado hasta las preguntas más tontas, y después, con un café, les habría contado los mejores chistes y se habrían reído a carcajadas juntos, y al despedirse, los habría llenado de regalos. Luego, después de las despedidas, habrían bajado de vuelta a Babilonia, y habrían dicho: "¡Colega! ¡Hoy he conocido a un tío guay!" Sí, así debería haberse portado ÉL. El que escribío la historia de la Torre de Babel, claramente no LO conocía.

SP: Sí, espérate a que te LO presente Moisés en los

tres primeros capítulos del Antiguo Testamento.

DDT: ¿Ese es otro libro descomunal?

DQ: No, sigue siendo la Biblia, pero se reparte entre el Antiguo y el Nuevo Testamento.

DDT: ¡Ajá! Espérate que encienda mi iPhone.

SP: ¡Cómo mola tu teléfono!

DDT: Sí, es un iPhone 10 que todavía no se ha inventado. Pero sigue con la historia.

SP: Y Moisés nos dice que después de haber creado los cielos y la Tierra, la luz, el sol, la luna y las estrellas, y esas cosas, las criaturas del mar y de la tierra, creó al hombre a SU imagen y semejanza.

DDT: ¡Ya está! He encontrado el Génesis. ¡Sigue contando!

SP: Es decir, los ha creado a SU imagen y semejanza, hombre y mujer…

DQ: Y de ahí nació una confusión bestial. Unos SE lo imaginan hombre, otros andrógino, lo cual es un error a mi parecer.

SP: OK, ¿puedes terminar con lo que has empezado?

DQ&DDT: ¡Claro! *(se ríen)* ¿Sabes qué significa esto?

SP: Si digo que no, me vais a mandar a por más cervezas. Así que digo no.

DQ, SP, DDT: Venga, ¡jivi! ¡Salud! Venga, ¡jivi!

SP: ¡Con lo cual, in bero, veritas!

DQ: No, "in vino veritas", ¡in bero superveritas!

SP: Y habiendo visto la Tierra sin condimentar, ¿qué se le ocurrió?

DDT: Pensó en plantar un jardín, que llamó EDÉN... ¡Lo pone aquí!

SP: Sí, y en medio plantó dos árboles, el árbol de la vida y el árbol del conocimiento del bien y del mal. Y el Señor Dios cogió al hombre y lo puso en el jardín del Edén para que lo labrara y lo vigilara. Y aquí, ¡ojo! Él dio este mandamiento: puedes comer lo que quieras, de cualquier árbol del jardín, pero del árbol del conocimiento del bien y del mal no debes comer, porque el día que de él comas, ciertamente morirás.

DQ: Tened en cuenta cómo le miente al hombre. ÉL le dice que si come del "árbol de la ciencia del bien y del mal", que luego resultó ser una miserable manzana, morirá y eso no sucedió, ya que tanto él como Eva y tal vez la serpiente también, comieron de ella, y ¡no murió ninguno!

SP: Resumiendo... Al final, creó una mujer para el hombre, Eva, – por cierto él se llamaba Adán, se me pasó decíroslo – y vino la serpiente y atolondró a la mujer que a su vez atolondró a Adán y todos comieron manzanas, y cuando se enteró el Señor, los maldijo a todos y los echó del paraíso. Así son todos los cuentos de la Biblia. Empieza algo, lo que sea, bueno y bonito durante un rato, y luego todo se viene abajo. Menos la última historia – que tiene un significado oculto: es una escritura críptica de la que no entiende nadie nada – el Apocalipsis, debería haber tenido un happy end!

DDT: ¡No, no, no! ¡No puede ser! Creo que el tal Moisés que escribió…

DQ: ¡Espera, espera, espera! No se sabe exactamente si Moisés escribió ese libro o no. El libro solo se titula así: "Génesis, o el libro primero de Moisés". Muchos textos de la Biblia son apócrifos, lo que significa que solo se atribuyen a alguien, no se sabe con certeza quién los escribió. No le hagamos una injusticia a Moisés, a lo mejor solo quiso contarlo y se entendió así. Solo quiero decir que...

DDT: Ok! Entonces, este Apócrifo que escribió esto, digo yo que cayó en una trampa. Ya le veo yendose a ver a su nena y decirle: "¡Hey, baby, ya tengo curro! ¡Qué guay, tía!". Y ella: "Ahora debería preguntarte: ¿qué curro?" Él: "¡Yes! Eso deberías preguntarme, sí, eso es! Me han preguntado si podía escribir algo sobre cuándo se hizo el mundo, el Señor, Adán, Eva, etc...". Ella: "Y, tú, claro, les has dicho: ¡Ya, man! ¡Yesss!!". Él: "¡Eso exactamente les dije! De camino hacia ti, me entraron unas dudas, ya sabes cómo soy, baby!". Ella: "¿Miedica? ¿Misántropo? ¿Misógino? ¿Te gusta amenazar y blasfemar, lo quieres todo para ti?". Él: "No, empecé enseguida a procesar: ¿la Creación del mundo? He

leído un poco de los místicos y lo demás me lo invento. ¿El Señor? Pues, Dios creó al hombre a su imagen y semejanza... Pienso en mí y ya sé cómo funciona ÉL, y sobre Adán y Eva, ya me invento algo... Baby, ¿a que soy smart?" Ella: "Si hubieras estudiado intensamente a los místicos, si hubieras comprendido, como es debido, lo relacionado a Dios y si te hubieras casado conmigo, a lo mejor algo bueno habría salido de este curro. Así, lo que veo es un anciano solitario que se pasea, amenaza y blasfema todo lo que se le pone en el camino, celoso del hecho de que otros estén bien, repartiendo castigos a diestro y siniestro, deseando lo peor a los demás. Triste, penoso, yo diría que renunciaras a este curro. Nada bueno saldrá de él."
DDT&DQ&SP *(permanecen callados un tiempo, luego, de repente, todos en corro)*: ¡¡¡Diablos!!!

Entra el Diablo. Los tres se quedan boquiabiertos.

El AC, de un rincón del escenario desde donde ha estado presenciando el diálogo, se activa.

DQ, SP, DDT y el DIABLO se quedan inmóviles.

AC: ¡Sí, hombre! ¡Lo que faltaba! ¡El Diablo! ¡¿Cómo no se me ocurrió esta idea? Algo no cuaja, falta el amor. Ellos están filosofeando sin parar. A ver si por lo menos el Diablo, consigue meter cizaña entre ellos. ¡Veamos!

DIABLO: ¿Me habéis llamado? ¿Qué queréis de mí?

SP: ¿Y usted, quién es?

DIABLO: ¡El Diablo! Saben, por lo general se me llama cuando surgen situaciones un poco más especiales que la norma, como por ejemplo: algo se enciende, arde, en fin, hay un fuego, y se me llama para echarle leña encima. ¿Es este el caso?

DQ: Sí, sí, hasta el momento, nos está costando encender uno. Sabe, en cuanto intentamos encender el fuego, sopla el viento.

DIABLO: ¡Jajaja! ¡Esta es buena! Le voy a dar mi mechero antiviento, usted lo prende, y de la leña me encargo yo.

DDT: ¿Ya habeís terminado con las "diabladas"?

DIABLO&DQ&SP: Sí, sí...

DDT *(lo mira de arriba a abajo)*: Usted no puede ser el Diablo. No tiene dinero en vez de ojos, no es negro como un demonio, y no tiene cola. Al contrario, se le ve muy apuesto en ese traje de Paco Rabane, la camisa de Braiconf, los zapatos Jimmy Choo, y las gafas de sol, Ray Ban, ¡que me encantan! ¡Guaaaaay!

DIABLO: Disculpe, señorita, no me he quedado con su nombre.

DDQ: Eso es porque no se lo he dado. Me llamo DDT.

DIABLO: ¡Encantado, bella señorita! DDT, ¿es por Dulcinea del Toboso? ¿O del insecticida americano que hizo estragos por el mundo hasta que fue prohibido?

DDT: La segunda variante.

DIABLO: Estimada señorita DDT, realmente soy él, o sea el Diablo, y esto es lo que ocurre en cualquier sitio del Planeta, cuando tres personas dicen al unísono, "Diablos", y como este ha sido el caso, me debo de aparecer, y así lo he hecho.

DQ: ¿Cómo que debe?

DIABLO: Disculpe, pero no me he quedado con su nombre.

DQ: Eso es porque no se lo he dado tampoco. Me llamo DQ.

DIABLO: ¡Encantado! DQ por Dan Quintus o por Don Quijote?

DQ: Elija usted la variante que prefiera.

DIABLO: Querido DQ, ¿me permite que lo llame así? Esto del deber es cosa del Diablo, perdón, es una cuestión muy compleja. Se te da en un determinado momento, y lo tomas o dejas. Pero si lo tomas, te tienes que hacer cargo o empiezan mis problemas síquicos.

SP: Vale, ¿pero cúal es su deber exactamente? ¿A qué se dedica?

DIABLO: Disculpe, pero no me he quedado con su nombre.

SP: Eso es porque tampoco yo se lo he dado. Me llamo SP.

DIABLO: ¡Encantado! SP, ¿por Sacha Power o por el Yo Personal[6]?

SP: Por el Yo Personal, más bien.

En ese momento, el AC detiene la acción y de un codazo, lleva al Diablo a un extremo del escenario.

AC: Un Diablo educado, es lo último que se me habría ocurrido. ¿Qué diablos haces aquí? Tú tienes que intervenir de forma malvada, hacerles perrerías, diabladas, algo malo, lo que sea.

DIABLO: Entonces, te ruego que te inventes un personaje negativo. Yo soy el Diablo. Yo no le hago nada malo a las almas, solo las recibo en el infierno. Del resto, se ocupan otros. Si quieres, te presto a Jack el Destripador, o si prefieres a una bruja malvada. Pero que sepas que esos cuestan.

AC: ¿Dinero?

DIABLO: Dinero, ¡qué leches! Solo pensáis en dinero. ¡Cuestan almas!

AC: Ahora empiezo a reconocerte.

DIABLO: Mejor dime, ¿qué quieres?

AC: Una acción que mueva la trama. Me he quedado completamente sin inspiración. Este hombre, DQ, me ha inventado para llevar a buen puerto una idea creativa suya y mira, he intentado aplicar las normas de la creación literaria, pero él se

---

[6] Véase nota 1.

pierde en ideas. He traído a una mujer, y ella, en vez de seducirlo, se ha metido en teorías. He pensado en traer un diablo, y él…

DIABLO: Yo no soy un diablo. ¡Soy el mismísimo Diablo! Querido, si tú quieres que te salga bien una obra creativa, ¡ten paciencia, estudia, y entrénate! Sin ton ni son, te viene una idea que vale para todo. Las ideas son pecaminosas. Circulan libremente como los mosquitos y se agarran al primero que pillen con la guardia bajada. De repente, se imagina creador de una idea, pero no hace más que contaminarse de una terrible enfermedad. Si quieres crear, tienes que sudar y sufrir…

AC: Estos no sufren para nada. Todo lo contrario, se les ve muy entretenidos. ¿Cómo los hago sufrir?

DIABLO: Bueno, ¡déjame tranquilo de una vez! Estoy teniendo una muy grata conversación con estos personajes, no me la fastidies.

AC (*furioso*): ¡Vete al Diablo! Hasta este está distraído.

El Diablo se da la vuelta hacia los tres, y el AC vuelve a sus asuntos. Se pone a medir las turbinas eólicas, va dando vueltas por el escenario tomando notas.

DIABLO: Os cuento cómo va esto del deber.

SP: Perdone, discúlpeme que le interrumpa. Me pica la curiosidad. ¿Por qué habla usted con acento moldavo?

DIABLO: Ahh, es muy sencillo. Cuando hablo rumano, me molesta el acento transilvano y el de Oltenia[7], así que prefiero usar el dulce acento moldavo. Además, los de Transilvania y Oltenia, lo mandan todo al diablo, y me dicen "dracu". ¡Mira qué feo suena! En cambio, cuando los moldavos me invocan, me dicen "Aghiuță" o "Găgăuță"[8], y cuando los oigo, me troncho de risa. Sabéis, me gusta reírme. Hasta cuando los italianos, franceses y españoles me llaman, suena más bonito: "Il Diavolo, Le Diable, El Diablo"[9]. Suena bien "El Diablo", ¡como "El Matador"[10]!

DQ: "El Matador", ¿no es él que mata? ¿Con lo cual, también se encarga usted de la muerte?

DIABLO: ¡No! De la muerte se ocupa la Muerte.

DQ: Ah, ¿alta y escuálida, vestida toda de negro con una guadaña?

DIABLO: ¡Diablos! ¡No te creas esas niñerías! ¡No! En primer lugar, no es una ella, sino un él. En segundo lugar, es bajito, y se viste de blanco. No aguanta el negro. Se parece a un médico, hasta en el calzado: lleva unos graciosos botines rojos con remaches. Nadie entiende por qué. Está calvo, y en el ojo izquierdo lleva un monóculo lupa de relojero,

---

[7] Ambas son regiones de Rumanía. Centro nor-oeste y sud-oeste respectivamente. N.T.

[8] Formas moldavas de llamar al Diablo y llamar bobos a otros. N.T.

[9] En español en el original. N.T.

[10] En español en el original. N.T.

obviamente blanco, pedido especial, porque, normalmente, suelen ser negros. Y, en la mano, lleva una caja de esas de plástico, llena de palillos. ¿Queréis verlo?

DQ: Solo en la distancia.

SP: ¡Yo no quiero, realmente no quiero! ¡Huyamossss! ¡Qué viene la Muerte!

La Muerte entra en escena y se pone a bailar. Después de un rato bailando, se queda en posición inmóvil.

SP: ¿Qué leches hace con esos palillos?

DIABLO: ¿Cómo que qué hace? Detiene los relojes biológicos cuando les llega la hora. Por eso nosotros no le decimos Muerte, sino "Relojero Biológico".

DQ: Vale, vale, lo entiendo, pero en la práctica, ¿cómo lo hace?

DIABLO: Supongo que introduce el palillo por entre los engranajes de un reloj, un reloj biológico, quiero decir…

SP: Vale, vale, pero, ¡¿cómo sabe cúando tiene que meter el palillo ese?!

DIABLO: ¡Esto es el colmo! ¡Cuando le viene la hora!

DDT: ¿Cómo que "le viene la hora"? Los relojes, normalmente, no se mueven. Fíjese en un reloj de catedral, o en un reloj de péndulo, o en un puñetero reloj despertador! ¿Cómo van a moverse? Se quedan quietos. Ah, si lo llevas en la muñeca, sí, va contigo, ¿pero que vaya solo? Lo dudo… Por otra parte, sin embargo, van pero se quedan quietos. Leches, esto me supera…

DIABLO: Ahí me habéis pillado. Dejadme que me entere, y os pongo un SMS.

DQ: Esperad, que me viene una pregunta todavía mejor: ¡¿cómo lo hacía él, el Relojero Atómico, perdón, Biológico, cuando no se habían inventado los relojes?! Por ejemplo, en la Edad Media.

DDT: ¡Sííí guaaaaay, qué fuerte! ¡Se la has metido doblada!

DIABLO: Ahora que vais por ahí, me pregunto ¿cómo lo haría en la Antigüedad?

SP: ¡Pues sí! En la Antigüedad solo había relojes solares, pero no he leído en ningún lado que se les metieran palillos, ni que se les llamasen biológicos, o…

DIABLO: ¡Atómicos! Esperad, que me viene una idea muy buena. Si pusiéramos un reloj atómico en uno supersónico, y mandáramos uno hacia el este y otro hacia el oeste, ¿qué pasaría? O, por ejemplo, mandar un reloj atómico hacia el centro del Universo, y, ¿al otro…? Diablos, ¿adónde lo mandamos?

SP: ¡Qué bien lo dice, diablos!

DDT: Pero me pregunto, ¿para qué diablos nos serviría todo esto?

DIABLO: ¡Para saber la hora exacta!

DQ: Pero oíd, el Relojero este Biológico, ¿acaso hace todo el trabajo sólo? ¿No tiene ayuda alguna?

DIABLO: Pues claro. Tiene una asistenta, una tía alta, alta y delgada, vestida de rojo con botines blancos. Entre nosotros la llamamos la Muerte de la Pasión. Cuando los veis juntos, os partiréis de risa. Ella, es decir la Muerte de la Pasión, ayuda al Relojero en situaciones de muerte clínica, de la cual solo te saca el SAMUR. Pero de las muertes biológicas se ocupa él personalmente. De esas no te saca ni el Diablo de lo bien que lo hace. ¿Queréis verla?

DQ: ¡Nooo! De todas formas, no tenemos mucha pasión últimamente.

SP: ¡Huyamossss! ¡Qué viene la Muerte de la Pasión.

La Muerte de la Pasión entra en escena y se pone a bailar. Al principio, baila sola y luego junto al Relojero Biológico. Finalmente, ambos se quedan en posición inmóvil en escena.

SP: ¡Qué alguien los saque de aquí! ¡Es macabro, quedarse de cháchara con la Muerte! ¡Qué diablos!

DIABLO: ¡No sois nada serios! Sin embargo, ¡sois muy majos!

DQ&SP&DDT: ¡¡¡Diablos!!!

DIABLO: ¡Al unísono! ¡Me quedo con vosotros una

ronda más! Con lo cual os contestaré a dos preguntas.

DQ: La primera sería: si usted se ocupa del mal, ¿quién se ocupa del bien? A nosotros nos han enseñado que ÉL se ocupa del bien.

DIABLO: Del bien se ocupa mi hermana.

DQ, SP, DDT: ¿¿¿Quién???

DIABLO: No gritéis así, que no estoy sordo. Mirad, en un eje de cero a menos, del eje del mal, como lo llamáis vosotros, como inundaciones, tornados, rayos, plagas, guerras, etc… me ocupo yo. Del mismo eje, de cero a más, el eje del bien, se encarga mi hermana. Lleva las aguas de vuelta a su cauce, amaina los vientos, dirige los rayos hacia los pararayos, cura a algunas personas y trae la paz. En estos momentos, por ejemplo, tiene trabajo en Corea del Norte. Soy yo quien ha enemistado a esos dos, Donald Trump y King Kong-IL, o como se llame, de tal manera que están a punto de darle a los botones. Mi hermana, está allí al pie del cañón, y en cuanto uno de ellos estira la mano hacia el botón, le da en los dedos.

SP: ¿Cómo le da en los dedos?

DIABLO: Con una regla de esas que tienen los alumnos en el colegio.

DQ: Y nosotros que pensábamos que de estas cosas, es decir del bien y del mal, se ocupaba ÉL.

DIABLO: No, ÉL no se ocupa de vuestras tonterías,

ÉL se ocupa de otras cosas.

DDT: ¿Qué cosas?

DIABLO: En este momento está ocupado con la expansión del Universo, con la materia oscura, y otras cosas de esas, y de vez en cuando, hace agujeros.

DQ: ¡¿Cómo que hace agujeros?! ¡¿Qué agujeros?!

DIABLO: Pues, agujeros negros o agujeros de gusano.

DDT, SP, DQ: ¡Ajá!

SP: Usted y su hermana, ¿se cruzan alguna vez? Y ella, ¿no se enfada de todas las perrerías que usted le hace?

DIABLO: Nos vemos a diario. Tenemos, como poco, tres reuniones: por la mañana, a la hora del almuerzo, y por la tarde, para intercambiar información, hacer planes como es debido, a corto, medio y largo plazo, de modo que todo vaya bien y esté en equilibrio.

DDT: Aaaah, ¿como lo del Yin y el Yang?

DIABLO: Algo así. Y mi hermana no se cabrea conmigo. Este es nuestro trabajo, lo hacemos y punto, sin sentimientos, ni emociones de esas como tenéis vosotros, que siempre estáis de malas pulgas.

DQ: Y, ¿cómo se llama su hermana?

DIABLO: Yo la llamo Cici.

DDT: Y, ¿no podríamos ver a Cici? Como hemos visto a la Muerte…

DIABLO *(mirando el reloj)*: ¡Uy, Dios mío! ¡Qué tarde es! Ahora ya no tengo tiempo. Venga, ¡hasta luego!

El Diablo desaparece.

DQ: Toma ya, ha desaparecido.
DDT: ¡Con lo majo que era! ¿Me pareció o ¿mencionó a Dios? ¡Lo voy a echar de menos!
SP: Venga, ¡no os comáis el coco! Si lo echamos de menos, sabemos como traerlo de vuelta. Aplicamos la técnica del unísono.
DDT, DQ: ¡Claro!
SP: Bueno, yo me piro a Constanța. He quedado con un tártaro, Erhan, que me cae muy bien. Hemos quedado para comer juntos, así que voy a desenarenar al "Burro", perdón, a Cari y me largo. ¿Os importa si me ausento un par de horas?
DDT: Por mí, no hay problema. ¿Y tú, DQ?
DQ: ¡Tampoco!
DDT: Pero, oye, SP. En vez de ponerte a desenarenar, coge mi KTM.
SP: Pero, ¿no decías que estaba rota?
DDT: Una KTM no se rompe nunca. Antes te rompes tú, o sea, el humano. Cuando nos hemos encontrado esta mañana, todavía no nos conocíamos lo bastante para deciros lo tonta que era, ahora puedo. Mira, tenía que haber llegado aquí, a Vadu, ayer, para encontrarme con mi ex, y tenía tres variantes. Coger mi Jeep Rubicon, la

Harley Davidson o la KTM. Pensé que quedaría mejor con la KTM. ¡Craso error! Soy demasiado pequeña para una moto todoterreno. Desde el sillín de una de estas tienes que poder llegar con los pies al suelo, pero yo apenas llego con las puntas de los botines. Me las apañé cuando iba por asfalto, pero cuando llegué a la arena me caí siete u ocho veces.

DQ, SP: Cuánto lo sentimos.

DDT: ¡La estupidez se paga! Así que, SP, me harías un favor si te llevases la KTM de vuelta a Constanța, y a la vuelta te trajeses el Jeep.

SP: Y, ¿dónde la dejo?

DDT: ¿Conoces el acantilado de Constanța? Allí está mi taller.

DQ: ¿Tienes un taller para coches?

DDT: Sí. Tengo varios; esa es la sede central. SP, lleva allí la KTM, y mis muchachos te darán el Jeep.

SP: Y, ¿cómo reconozco tu taller? Y, ¿cómo me van a dar tus muchachos a mí, un extraño, un coche así de caro?

DDT: Verás el letrero. Pone en grande CASINO, y debajo en letra pequeña "Auto-service, S.L.". Y con mis muchachos tenemos un acuerdo. Te doy este anillo, lo enseñas y dices lo que yo te he dicho. Enseguida te traerán el coche. Pero por favor, cuida el anillo. Le tengo mucho cariño. Lo encontró un exnovio arqueólogo, en una tumba agatirsa y me lo regaló. No lo pierdas, que…

SP: ¿No podrías llamar simplemente a tus muchachos con ese iPhone 10 que no se ha inventado todavía?

DDT: SP, ¡claro que puedo! Pero el asunto perdería todo su encanto y el anillo agatirso no serviría para nada.

SP: ¡Efectivamente! Bueno, ¡me voy! ¡Venga, ciao!

SP se va.

Escena 7

DQ: DDT, te propongo que demos un paseo hasta la Periboina. Es un lugar estupendo.

DDT: Sí, eso he oído, pero no lo he visto todavía. Sé que significa el "lugar en el agua" en el idioma de los lipovanos[11].

DQ: Sí, el lugar donde se encuentran las aguas dulces y las aguas saladas. He estado muchas veces allí con los amigos. Una vez, trajimos una princesa marroquí. Se llamaba Aguida. Aguida dijo algo muy bonito acerca de este sitio. Dijo: "Alá ha hecho muchas cosas maravillosas, una de ellas es el lugar donde las aguas dulces se mezclan con las saladas.".

---

[11] Los lipovanos son un pueblo y grupo étnico eslavo oriental compuesto por los viejos creyentes (cristianos ortodoxos partidarios de la vieja liturgia pre reforma de Nikon en 1654), en su mayoría de origen étnico ruso, que se asentaron en el Principado de Moldavia, en Dobruja y Muntenia Oriental, Rumanía.

Bonito, muy bonito. DDT, nuestro paseo nos llevará un rato. Me llevaré unos emparedados. ¿Quieres que me lleve unas cervezas también?

DDT: ¡Claro! Hoy ya no conducimos.

DQ: ¡Vámonos!

DDT: Vámonos, pues.

DQ: DDT, tú ahora sabes algo de nosotros, pero nosotros no sabemos nada de ti.

DDT: Vale, empiezo por el principio. Nací en una familia de físicos. Mis padres, abuelos, bisabuelos han sido todos físicos. Esta ha sido la tradición familiar hasta mí.

DQ: Y tú, ¿por qué no?

DDT: Tuve una infancia como la de cualquier niño, con una excepción. Mientras otros niós jugaban fuera y miraban dibujos animados, yo miraba las carreras de Fórmula 1, el Nascar, los rallis, y todo lo que tenía que ver con coches, motores y mecánica.

DQ: Y tus padres, ¿qué dijeron?

DDT: Dijeron que era rara. De un tiempo para acá, decidieron que debían darme una educación, y viendo que tenía interés por la mecánica, al principio, empezaron por hablarme de los principios fundamentales de esta, de Sir Isaac Newton, o de la mecánica cuántica. Eso hizo mi madre, que era especialista en las teorías del movimiento de las partículas a escala atómica, mientras que mi padre me hablaba de la mecánica celeste, ya que era astrofísico. Me esforcé mucho en entender qué relación había entre esto y los motores, pero no pude. Mientras tanto, el ambiente en casa se acabó de fastidiar. Sabes, al igual que en otras familias, los esposos se pelean por el dinero, los suegros, las deudas, pero mis padres se peleaban por el infinito. ¿Cúal era más importante, el infinito grande o el pequeño? Visto lo visto, decidí educarme sola. En resumen, volví a casa un día con el diploma de la facultad, obviamente, todo dieces, y se lo enseñé. Dejaron de pelearse. Mamá me dijo: "¡Bravo!", Papá: "¡Digna hija de su padre! Y ahora ¿qué vas a hacer?". Dije que iba a perseguir mi sueño, y que iba a reparar coches. Se quedaron los dos perplejos unos segundos, luego retomaron sus peleas. Entonces, hice las maletas, me vine a Constanța y me cogieron de aprendiz en un taller de reparaciones de coches.

DQ: Disculpa que te interrumpa, pero ya estamos. Esto es Periboina. ¿No es mágico?

DDT: Sí, pero también lo es el "Lugar en la arena".

DQ: Propongo que nos tomemos una cerveza y comamos un emparedado, mientras admiramos el paisaje.

DDT: ¡Perfecto! ¡Venga, jivi!

DQ: Rap, tap, tui!

DDT: Y esto, ¿qué es?

DQ: Lo mismo, pero en polinesio.

DDT: ¡Rap, tap, tui! Me encanta hablar de mí misma, pero hasta ahora nadie me había prestado tanta atención. En fin, me dejé la piel en el curro. Me encanta trabajar. Después de un tiempo, se corrió la voz por la ciudad y nos convertimos en el taller de coches más solicitado de Constanța. Las listas de espera eran kilométricas. Algunos pedían la cita antes de siquiera comprar el coche, algunos traficaban con las citas. Eso no me daba igual y así se hacían unos dineros limpios. Visto lo visto, los demás talleres de Constanța iban cerrando, y nosotros los íbamos comprando. El dinero fluía tanto que mi jefe, que también era el dueño, se pasaba la vida en los clubes de alterne, y al estar tan contento conmigo, me hizo socia. Intuía lo que él quería. Le propuse que trabajáramos en dos turnos, yo de día y me encargaba del taller, y él de noche y se encargaba de los clubes. Leí en sus ojos tanta satisfacción, que me di cuenta que mi intuición había sido la correcta.

DQ: Y, ¿no te molesta esta situación, donde tú trabajas y él no hace nada?

DDT: ¡Para nada! Me encanta currar.

DQ: DDT, y con los hombres, ¿qué tal?

DDT: ¡Me duran poco! Sabes, DQ, lo que a mí me gusta, son los principios de relación. Esas cosas del cortejo, traer flores, las comidas románticas en los restaurantes, ya sabes, como los rituales de emparejamiento de los pájaros. Después de unas noches juntos, los dejo.

DQ: Y ellos, ¿no se enfadan?

DDT: ¡Qué va! Los contrato en el taller. Les hago una oferta que no pueden rechazar.

DQ: ¿Debo entender que solo has tenido relaciones con mecánicos de taller?

DDT: ¡Para nada! Hay arquitectos, médicos, ingenieros, también estuve con el arquitecto que me dio el anillo agatirso, estuve hasta con un físico.

DQ: Y, ¿qué hacen en tu taller?

DDT: ¿Cómo que qué hacen? Reparan coches. Bueno, esto después de haberles mandado a especializarse a los EE.UU., Alemania, Japón, a cada uno a su marca favorita. Jeep, Mercedes, Mitsubishi y les doy uno de esos coches como coche de empresa. Al físico, lo mandé a Dacia en Pitești, que a él le gustan los Dacia.

La luz cambia detrás del escenario, y en la pantalla empiezan a proyectarse imágenes dispares.

SP arranca sobre el escenario, perseguido por el Eclesiastés.

ECLESIASTÉS: ¡Vanidad! Todo es vanidad, hasta la vanidad es vanidad.

DQ: ¿Qué ocurre?

DDT: ¿Todo ha ido bien?

SP (*responde corriendo, mientras escapa del Eclesiastés*):

¡Estupendamente! Aparqué el Jeep del otro lado de los juncos, en la carretera. Sabes que no se puede ir con él por la playa.

DDT: ¿Te ha gustado el taller? ¿Y los muchachos?

SP: ¡Fantásticos! ¿Cómo los conseguiste?

DDT: De forma abusiva. ¿Trajiste de vuelta el anillo?

SP (*busca en sus bolsillos*): Está aquí en algún sitio.

DDT: SP, ¿has perdido mi anillo agatirso?

SP: Noooo… (*busca en todos lados, hasta en sus zapatos*) Lo tengo…

DDT: SP, ¿dónde está el anillo agatirso? ¡El anillo! ¡Mi anillo agatirso!

DQ: SP, ¡dónde está el anillo agatirso? ¿Dónde está el Jeep de la chica?

ECLESIASTÉS: ¡¡¡Vanidad!!!

SP: El Jeep está entre los juncos. El anillo lo tengo conmigo, pero no lo encuentro. ¡Me lo habré dejado en el Jeep! ¡Quitadme de encima a este loco! ¡Gelatta! ¡Gelatta!

DQ: ¡Esa no es tu línea!

De entre bastidores, entra el Vendedor de Helados noruego, seguido por la Escuela de Copenhague rapeando.

El escenario se llena de todos los personajes. Por detrás, en la pantalla, aparece Cervantes en distintas poses.

CERVANTES: Tienes que enloquecer de manera perfecta.

En la pantalla, se suceden uno tras otro, Cervantes, Jung, Einstein, Isaac Newton. Cada uno dice una frase motivacional.

El AC intenta detenerlos en sus movimientos caóticos y corre del uno al otro, intentando hacer que paren, mientras DQ mira, confuso, el despliegue de fuerzas.

El Diablo sale de una trampilla en medio del escenario y se queda parado en pose heroica. De entre bastidores, aparecen también el Relojero Biológico junto a la Muerte de la Pasión, seguidos de Caperucita Roja.

AC: ¡STOOOOOP!

Todo el mundo se queda de piedra, incluso la imagen de la pantalla, que se queda borrosa.

AC: ¡Pensamientos locos! Me estáis volviendo loco, con esta orquesta de entidades que se mueven a su propio ritmo. Tengo un tema y vosotros no estáis siendo nada serios.

El Artista Creador mueve a DQ y a SP al frente del escenario.

AC: Estos dos individuos son los personajes principales. Ellos son los que en vez de movilizarse y montar un plan para atacar las turbinas eólicas, no han hecho más que vestirse de moteros locos, beber cervezas y decir tonterías. Lo primero, ellos dos están enfrentados. DQ está a favor del ataque, mientras que SP está en contra. *(se vuelve hacia ellos)* De hecho, estos dos deberían ser uno solo, pero se empecinan en decir que son dos.

KEN WILBER: Sí, sí, sí, el organismo total o centauro, que describí en mi libro…

AC: ¡Tú, calla! *(trae a DDT, que abraza a DQ)* El amor traería consigo toda la motivación y de esta manera, se realizaría el milagro de la complementaridad.

SP: De aquí a comer manzanas, hay un paso.

AC: ¡Y tú, a callar también! DDT es física y mecánica, debería hacer una bomba, y DQ podría ayudarla. Venga, ¡que así, sí se puede!

La Escuela de Copenhague rapea de nuevo.

ESCUELA DE COPENHAGUE: *(rap)*

La gente está en trance,
No cree en el mañana,
Su pasado confuso,
Les quita toda gana.
Flotando en la nada,
Cual dentro un átomo,
Todos al mismo son.
Hagamos una bomba,

Que sea pequeñita,
Que sea atómica,
Que el mundo es miedica.
Hagamos bum con ella, hagamos bum con ella.
A ver si así, tal vez,
Logramos que haga mella.
A ver si así tal vez,
¡Les deja alguna huella!...¡¡¡Lechones!!!

AC: ¡Así! ¡Dad ánimos! Venga DDT, haz una bomba pequeñita, para acabar ya con esta historia Que sea pequeñita, que sea atómica…
DDT (*hacia SP dándole de leches, ignorando todo lo que ocurre a su alrededor*): ¿Dónde está mi anillo agatirso?
AC: ¿Dónde está el anillo agatirso, SP?
SP: ¿Qué anillo agatirso?
AC: DDT te ha dado un anillo agatirso para traer un Jeep desde Constanța. Dale el anillo, para que haga de una puñetera vez esa bomba atómica, pequeña, pequeñita, para detonarla en las turbinas eólicas.
SP: ¡Eso sí que no! ¡Yo estoy a favor de la energía verde!
AC: ¡Gracias a Dios que se ha acordado de la trama! ¡Entonces, lucha por ella!
DIABLO: ¡Yo le voy a poner trabas!
AC: ¡Eso es! ¡Trabas! ¡Solucionado! Ya no hace falta ninguna bomba atómica. Voy a reducir a escala las

turbinas eólicas, y el Relojero Biológico meterá sus palillos entre esas ruedas dentadas.

AC empieza a reducir todo a escala. Las turbinas eólicas se convierten en juguetes que el AC pone encima de la mesa. Las aspas giran.

AC: Tú, Relojero Biológico, haz tu deber y mete un palillo allí donde sabes que hace falta.

RELOJERO BIOLÓGICO: ¡Yo no mato metal! Yo paro relojes biológicos. Estas no tienen reloj.

AC: *(patalea)* ¡Nadie quiere hacerme caso! ¿En qué te molesta darme gusto? ¿Acaso te pido demasiado? Ningún pensamiento me hace caso, ningún personaje hace lo que le digo. ¿Cómo voy a crear? ¿Cómo voy a llevar este cuento a buen puerto? Vosotros dos no habéis dejado de hablar. ¡El Diablo fue educado, Cervantes canta Imagine, y tú, DDT, ni siquiera fuiste capaz de tener un oficio de mujer! Eso sin mencionar tu aspecto raro…

DDT: Mi aspecto es agatirso, y ¡no te permito ser misógino! ¿Qué es lo que entiendes tú como oficio de mujer?

AC: Vale, vale, ¡no empieces! ¡Te pido por favor que no des un discurso feminista! Te pido disculpas por haberte ofendido. He aprendido mi lección, ya no digo nada. *(da vueltas por el escenario sin rumbo fijo)* ¿Esta obra me escribe a mí, o la escribo yo? ¿Cómo soluciono yo esto? Maqueta, evolvente, personajes diversos, amores no correspondidos, diablos educados, la muerte no es muerte y no quiere matar… Y este vendedor de helados, ¿qué diablos hace aquí?

VENDEDOR DE HELADOS: ¡Hey! ¡Gelatta! ¡Gelatta! ¡Gelatta!

AC: ¡Calla de una vez!

El Vendedor de Helados se calla y saca de su nevera ambulante unos helados que reparte entre todos. Todos comen su helado en silencio. En silencio absoluto.

DQ lame su helado y mira a SP con reproche. Mientras lo mira, ve unos destellos saliendo del pelo de SP y se le acerca para ver de dónde viene la luz.

Le mira el pelo, y encuentra el anillo agatirso enredado entre sus cabellos.

DQ: ¡Tengo una idea!

SP: ¡Ah, aquí estaba! ¡Encima me ha molido a palos la loca esa, quiero decir la agatirsa esa! Ves, sabía que lo tenía, pero no sabía dónde.

DQ: El anillo agatirso es mágico. No habríamos podido concluir la obra sin él. Si no lo hubiésemos encontrado, nos habríamos detenido cómo unos tontos en mitad de la acción sin saber cómo continuar o acabar la obra.

SP: Y, ¿cómo vamos a concluir la obra gracias al anillo agatirso?

AC: DQ, no puedes echar abajo las turbinas eólicas

con un anillo. ¡Mejor convence a DDT de que haga una bomba pequeña, pequeñita, que sea atómica!

ESCUELA DE COPENHAGUE: *(cantan alto rodeando a DDT)*

Hagamos una bomba,
Que sea pequeñita,
Que sea atómica,
Que el mundo es miedica.
Hagamos bum con ella, hagamos bum con ella.

DQ: ¡Hacedme caso!

DQ coloca con la mano a todos en el escenario. Al Relojero Biológico y a la Muerte de la Pasión los lleva a la izquierda del escenario, al lado de la Escuela de Copenhague que sigue cantando bajito para que puedan bailar con su música.

A SP y a DDT los coloca a lados de la maqueta donde se hallan las turbinas eólicas reducidas a escala.

Por detrás del escenario, todos los grandes sabios se quedan como estátuas, aumentados a escala. Al Eclesiastés lo pone a correr alrededor a grito de "¡Vanidad!". Al Diablo lo coloca por detrás de todos, de manera que luzca aterrador, con una sonrisa endiablada.

Al Artista Creador lo coloca en el centro del escenario, con una varita de conductor de orquesta en mano.

DQ: ¡Hazles cantar la misma canción!

El Artista Creador empieza a dirigir y cada personaje actúa a su manera, tal y como lo ha estado haciendo durante la obra, moviéndose todos de forma mecánica, como robots.

DQ coje a Caperucita Roja de la mano y ambos se acercan al borde del escenario. Habla al público.

DQ: ¡No penséis que me había olvidado de Caperucita Roja!... Yo, al igual que Don Quijote, he leído y he leído. El universo, el espacio, el tiempo, el infinito. Me frustraba porque no podía imaginarme el infinito. Me di cuenta que tenemos unas limitaciones que nos impiden acceder a algunas zonas. ¡Estaba desesperado! He leído libros escritos por místicos hace miles de años, Hermes Trismegisto, Patañjali, Pitágoras, los textos sagrados indios, los Vedas, los Upanishades, la Bhagavad-gïtä, la doctrina budista de la liberación, la Biblia y el Corán, el mahayanismo tibetano. ¡Nuevas preguntas! Luego, física, biología, química, genética, sicología... ¡Werner Heisenberg, Erwin Schrödinger, C.G.Jung, Friedjof Capra, Ervin Laszlo, Michael Talbot, Ken Wilber! Me harían falta más vidas para entendelo todo. Aquí, sin embargo, a orillas del mar, mirando las estrellas fugaces del mes de agosto, y por la mañana, el amanecer sobre el agua, sin libros, sin biblioteca, siento SU toque.

No LO veo, no LO oigo, es solo una presencia viva que me muestra que todo es perfecto. No debo preguntarLE nada, lo entiedo todo como si estuviera en SU mente. Siento como mi consciencia se expande, los sentidos adquieren nuevos valencias, la mente trabaja a la velocidad de la luz. Veo el planeta desde arriba, veo la atmósfera terrestre, veo las líneas magnéticas de la Tierra, veo los cinturones de Van Allen, veo los nueve cielos de los que hablaba C.G. JUNG, veo los satélites de telecomunicaciones, puedo oír lo que dicen los hombres entre ellos y oigo cada vez más hablar en inglés, idioma que tarde o temprano hablaremos todos, veo como desaparecen las fronteras entre países. Pues, ¿acaso no estamos en la situación del cuento de la Torre de Babel, cuando todos los hombres hablaban el mismo idioma y se entendían divinamente? A lo mejor, ÉL hizo bien en derribar la torre. A lo mejor, quiso enseñarnos que las interrogaciones no se hacen en vertical, sino en horizontal, es decir que hablemos entre nosotros, entender que somos todos iguales y que tenemos, más o menos, las mismas necesidades y aspiraciones. John Lennon fue el primero en intuir esto.

SP: Vale, vale, vale, esto ya lo he entendido, pero, ¿qué hacemos con la evolvente?

DQ: De la evolvente hacemos un museo. Ponemos

encima los lugares de culto, o sea las iglesias. El Cristianismo, dividido principalmente entre la Ortodoxia y el Catolicismo, en el eje este - oeste, el Judaismo en el eje sur-este, el Islamismo en el sur, y luego en el este, el Hinduismo, el Jainismo y el Budismo y demás. Junto a estos lugares de culto, colocaremos a los sabios que compartirán toda su sabiduría, por supuesto, en inglés. De esta manera, los visitantes, se darán cuenta que somos todos iguales y que rezamos para más o menos las mismas cosas. Ya lo sé, preguntarás con qué dinero y cómo construiremos esto. Ya lo tengo pensado: haremos una construcción holográfica. Los costes serán mínimos. El museo se llamará "la Iglesia de Dios al aire libre", porque solo hay un Autor Supremo, que es ÉL.

El AC llega al primer plano y se frota las manos.

AC: ¡Perfecto, perfecto! ¡No podría haberse arreglado mejor! Sin embargo, queda una pregunta: ¿qué hacemos con esas malditas turbinas eólicas?

DQ mira a Caperucita Roja. Luego se da la vuelta hacia los personajes sobre el escenario.

DQ: ¡Yo estoy loco de atar! Mi mente está hecha un lío, ¿verdad?

TODOS EN CORO: ¡Sí, sí, sí, así es!

DQ: Dejemos a Caperucita Roja decidir qué hacer con las turbinas eólicas. Es de una generación más joven, así que siente de manera diferente, ¿no?

TODOS EN CORO: ¡Sí, sí, sí, así es!

El Diablo, en el fondo, sonríe pícaro.

DQ le pone sobre la palma de la mano, el anillo agatirso.

DQ: ¡Este anillo es mágico, Caperucita! ¡Decide tú! ¿Qué hacemos con la turbinas eólicas? Solo tienes que pensarlo, y el anillo solucionará el problema.

Caperucita Roja se pone el anillo en el dedo. Sonríe con una inocencia jamás vista. Da brincos de felicidad, girando alrededor de las turbinas.

Al fondo, se ven los personajes célebres haciendo sus apuestas. ¿Salvará las turbinas eólicas? ¿Las destruirá?

El Diablo cada vez se ríe más fuerte.

El Relojero Biológico y la Muerte de la Pasión bailan de forma apocalíptica sobre la música de la Escuela de Copenhague, El Eclesiastés se ha detenido y mira ansiosamente esperando la decisión de Caperucita.

DQ, SP y DDT se han arejuntado en un rincón.

El AC ya no dirige, se ha quedado de piedra, esperando la decisión de la niña.

Caperucita apunta con el anillo a las turbinas eólicas reducidas a escala. Extiende el puño hacia ellas, y de repente, del anillo sale un rayo láser que destruye las turbinas eólicas.

DQ se gira hacia el público, lívido.

DQ: ¡¡¡Ha destruído las turbinas!!!

Caperucita Roja se da la vuelta lentamente hacia los personajes y les apunta con el anillo agatirso.

SP: ¡Huiiiid!

Caperucita empieza a disparar rayos láser hacia ellos. Los personajes célebres se pulverizan, los inventados desaparecen, mientras que DQ, SP y DDT huyen de un lado a otro, intentando evitar los rayos láser, pero SP y DDT son también destruidos por los rayos.

DQ se queda estupefacto, lívido, aterrado. Levanta las manos en el aire.

DQ: ¡Caperucita!
CAPERUCITA ROJA: ¡Yo soy de un cuento antiguo que no has leído!
DQ: ¡Que sí, que sí, que sí! ¡Créeme! ¡Todo el mundo ha leído "Caperucita Roja"!
CAPERUCITA ROJA: Y, ¿cómo acaba?
DQ: Aaaaaah… ¡ya no me acuerdo! Pero sé que el lobo se comió a tu abuela, ¿verdad?
CAPERUCITA ROJA: ¡Eso lo sabe todo el mundo, que el lobo se comió a mi abuela! ¿Qué clase de madre manda a su hija al bosque, cuando sabe que

allí hay lobos? Y,¿cómo piensan todos que fui así de tonta que no me di ni cuenta, cuando vi los ojos, las orejas, las manos y los dientes del lobo, de que no eran los de la abuela? *(se ríe diabólicamente)* Pero nadie sabe que yo, una niña a la que creéis inocente, he juntado piedras y se las dí de comer al lobo.

DQ: ¡Pobre lobo! Caperucita, pero tuviste que hacerlo, ¿no?

CAPERUCITA ROJA: ¡Los lobos no deberían deambular solos por el bosque! Los adultos no deberían poner en la mano de las niñas inocentes un arma tan avanzada como el anillo agatirso. Pero, ¿cómo vas a saber tú eso, DQ?

DQ empieza a desvestirse lentamente, hasta quedarse en traje de baño, se sienta en la arena y se queda dormido.

Caperucita Roja se desviste también y se queda en su traje de baño de una sola pieza.

El AC le trae una pala y un cubo y la empuja hacia DQ, al que Caperucita Roja le dice::

CAPERUCITA ROJA: ¡Despierta! ¡Despierta! Señor, señor, no está bien dormirse en la playa bajo el sol. Podrías quemarte enterito.

FIN